16	3	2	13
5	10	11	8
9	6	7	12
4	15	14	1

Coleção LESTE

Nikolai Leskov

A FRAUDE
e outras histórias

Tradução, posfácio e notas
Denise Sales

Ensaio de Elena Vássina

editora■34

EDITORA 34

Editora 34 Ltda.
Rua Hungria, 592 Jardim Europa CEP 01455-000
São Paulo - SP Brasil Tel/Fax (11) 3811-6777 www.editora34.com.br

Copyright © Editora 34 Ltda., 2012
Tradução © Denise Sales, 2012
Ensaio © Elena Vássina, 2012

A FOTOCÓPIA DE QUALQUER FOLHA DESTE LIVRO É ILEGAL E CONFIGURA UMA
APROPRIAÇÃO INDEVIDA DOS DIREITOS INTELECTUAIS E PATRIMONIAIS DO AUTOR.

Imagem da capa:
Boris Kustodiev, Revolta contra os boiardos na velha Rússia, *1897*

Capa, projeto gráfico e editoração eletrônica:
Bracher & Malta Produção Gráfica

Revisão:
Lucas Simone
Cide Piquet
Cecília Rosas

1ª Edição - 2012, 2ª Edição - 2014 (2ª Reimpressão - 2023)

CIP - Brasil. Catalogação-na-Fonte
(Sindicato Nacional dos Editores de Livros, RJ, Brasil)

Leskov, Nikolai, 1831-1895

L724f   A fraude e outras histórias / Nikolai
Leskov; tradução, posfácio e notas de Denise Sales;
ensaio de Elena Vássina — São Paulo: Editora 34,
2014 (2ª Edição).
224 p. (Coleção Leste)

ISBN 978-85-7326-496-8

1. Literatura russa. I. Sales, Denise.
II. Vássina, Elena. III. Título. IV. Série.

CDD - 891.73

A FRAUDE
E OUTRAS HISTÓRIAS

1. Kótin, o provedor, e Platonida 7
2. Águia Branca 59
3. A voz da natureza 89
4. A fraude 101
5. Alexandrita 147
6. A propósito de *A Sonata a Kreutzer* 167

Sobre os contos 191
Pela vida russa, *Denise Sales* 195

Nikolai Leskov, o mais original
  dos escritores russos, *Elena Vássina* 203

Traduzido do original russo, de Nikolai Semiónovitch Leskov, *Sobránie sotchiniénii v odínnadtsati tomakh* [Obras reunidas em onze volumes], Moscou, Gossudárstvennoie Izdátelstvo Khudójestvennoi Literaturi, 1958. Com exceção do conto "A fraude", traduzido de *Sobránie sotchiniénii v dvetnádtsati tomakh* [Obras reunidas em doze volumes], Moscou, Pravda, 1989.

As notas do autor fecham com (N. do A.); as da edição russa, com (N. da E.); e as da tradutora, com (N. da T.).

KÓTIN, O PROVEDOR, E PLATONIDA

"Ferramentas de casa já quebrada."[1]

Shakespeare

I

Na Cidade Velha não havia pessoa que gozasse de tanta fama e respeito, inclusive na nossa época desrespeitosa, quanto aquele homem muito humilde, que lavrava o solo antes infértil de uma ilha hoje fértil. Ele descendia do braço cismático[2] do comerciante Déiev; mas não foi seu clã nem sua linhagem, e sim a sua vida e atos que o fizeram conhecido e considerado pelos vizinhos.

O comerciante Semión Dmítrievitch Déiev foi apenas o culpado dos males sofridos por esse de quem falaremos.

A história não é longa.

Tendo se tornado o cabeça dos que haviam se recusado a seguir em comunhão com a igreja, o velho Déiev construiu uma casa de madeira num "retiro", bem no limite da cidade. Hoje ninguém mora nela, e a casa encontra-se solitária, sombria e desacolhedora. Aliás, essa construção cinza de dois andares, com duas fileiras de janelinhas, era exatamente as-

---

[1] "*All broken implements of a ruin'd house*", fala do mordomo na peça *Tímon de Atenas* (ato IV, cena II). Em português, na tradução de Barbara Heliodora (Rio de Janeiro, Lacerda, 2003, p. 97). (N. da T.)

[2] Do russo *raskólnitchi*, referente ao cisma (*raskol*) ocorrido na Igreja russa, no século XVII e que resultou no surgimento de várias seitas de velhos crentes contrários às reformas litúrgicas inspiradas na igreja grega. (N. da T.)

sim também naqueles dias, quando nela ainda morava gente viva, e em suas janelas brilhavam luzinhas tremeluzentes de lamparinas sempre acesas. Essa casa não queria comunicação com ninguém e punia impiedosamente os habitantes em que se notasse, por um motivo ou outro, o mínimo desejo que fosse de aproximação com o novo mundo. Na cidade inteira, quase ninguém tinha a menor noção de como se vivia na casa cismática de Semión Déiev. Na rua, os habitantes da Cidade Velha encontravam apenas o próprio Déiev, mas o encontravam sempre caprichoso, carrancudo, vingativo e propenso à cólera. Se acontecia cruzarem, em algum lugar, com qualquer dos outros moradores da casa, então todos olhavam para ele como se vissem alguém do outro mundo. A respeito das mulheres que lá viviam, sabia-se ainda menos que dos homens. Lá elas nasciam ou iam viver em coabitação e lá mesmo morriam. Os portões da casa de Déiev fechavam-se às suas costas somente depois da morte. Houve apenas duas exceções: cinquenta anos antes, na noite mais tempestuosa, tenebrosa e misantrópica, a terrível casa de Déiev expeliu uma jovem ao desabrigo.

A casa como que cuspiu essa criança, em meio ao sono, e depois bateu de novo as pálpebras zangadas até o próximo caso.

II

A jovem expelida era uma órfã, sobrinha de Semion Déiev, chamada Aksínia Matviêievna. Na época, tinha apenas dezoito anos, mas, apesar da severa clausura de donzela, sabia bem aonde precisava ir naquela inóspita noite da expulsão. Aksínia caminhou de rua em rua, de travessa em travessa, dirigindo-se diretamente a uma casinha cinzenta e pequenina, no sepulcrário da igreja, e bateu timidamente na janelinha entortada. Alguns minutos depois, bateu com um pouco mais de resolução e, nesse momento, um jovem apenas em roupas de baixo e botas rotas saiu correndo ao seu encontro. Era o sacristão Iona Pizónski.

— Ksiúcha![3] Minha andorinha! — gritou ele, muito surpreso em ver a jovem diante de si.

A expulsa apenas sussurrou, melancólica:

— Expulsaram.

— Expulsaram?

— Expulsaram; bateram e expulsaram.

Despreocupado e alegre, o jovem abriu a cancela de par em par, puxou a moça para perto de si, fechou o portão com a tranca e levou a trêmula hóspede nos braços até um casebre muito pequeno.

Toda a casinha de Iona Pizónski, procurado por Ksiúcha, consistia nesse casebre minúsculo e em um cômodo ainda menor. Pizónski era jovem e sozinho. Levava a mais despreocupada das vidas e, habitualmente, entoava de fome as mais alegres canções. A sua beleza e intrepidez despreocupada, somadas a essas canções, arrebatavam o coração das reclusas da Cidade Velha e conquistaram para ele o coraçãozinho ardente da jovem expulsa da casa de Déiev. O que acabamos de ver foi a derradeira cena do amor secreto dos dois, no exato momento em que, por força da natureza das coisas, esse amor deixara de ser um segredo para a casa de Déiev.

A órfã expulsa, humilde como um cordeirinho, seguiu o seu amado em tudo: acolheu a sua fé, o seu nome e a sua condição social; tornou-se esposa e sacristã, e daí a cinco meses deu à luz o filho Konstantin.

— Errou o passo e adiantou o parto — gracejou o sa-

---

[3] Hipocorístico de Aksínia. (N. da T.)

cristão Pizónski pelo acontecido; um ano depois, ele próprio errou o passo, quando, no outono, enquanto cortava galhos secos num barranco íngreme sobre o rio Turitsa, voou de cabeça para baixo e, só, completamente só, entregou a alma alegre ao Deus único.

A sacristã ficou sozinha com o filho de um ano, sozinha no mundo.

Os portões da casa de Déiev, nos quais a viúva foi bater nesse período de infelicidade, descerraram-se apenas para lançar-lhe uma maldição.

Sem tribo nem clã, e sem abrigo sob o qual pudesse deitar a cabeça, a viúva de Pizónski refugiou-se na cela de um convento feminino. Para lá levou consigo também o filho, dando-lhe dissimuladamente um nome de menina, Makrina.

III

O ardil nascido da situação desesperada da viúva não podia ter dado mais certo. Graças à vigília incessante da mãe, o verdadeiro sexo da criança nunca foi descoberto por ninguém; mas, em compensação, nem a própria criança sabia a verdade e considerava-se menina. Quando, no convento, com o pseudônimo de Makrina, Konstantin Pizónski chegou aos doze anos de idade, a viúva Pizónskaia, preocupada com a educação do filho, tirou-o da morada santa; num barranco, trocou-lhe a saia e o vestido preto de algodão muito engomado por uma bata de algodoim de cor amarela e mandou-o ao seminário, com o nome verdadeiro de Konstantin Pizónski. Mas a sapiência dos livros não entrava na cabeça do menino. Antes de mais nada, a criança tornou-se objeto do escárnio geral. Despida do pseudônimo feminino, não conseguia de jeito nenhum se acostumar com a ideia de que era menino, e constantemente dizia "estou chateada, cheguei atrasada, acordei cansada"; e isso deu motivo para que zombassem dele já no primeiro minuto. Pizónski tinha muito jeito para os estudos, mas o rigor escolar da época e as impertinências venenosas dos colegas privaram-no de qualquer possibilidade de êxito. O seu caráter assustadiço chegou a limites inacreditáveis e foi a razão de o terem juntado, definitivamente, aos incapazes. Certa vez, logo depois do ingresso na escola, ao escrever o próprio nome no caderno, em vez de Konstantin, Pizónski escreveu Kinstintin. O professor surpreendeu-o e, golpeando-lhe a cabeça com uma vara de salgueiro, perguntou-lhe:

— Qual é o seu nome?

— Konstantin — respondeu o garoto.

— Escreva-o na tábua.

A criança pegou o giz com a mão trêmula e sentiu que ela corria, corria, corria incontrolavelmente, traçando letras intermináveis, uma após a outra. No quadro inteiro, arrastava-se *Konstantintintintintitin*... e para ele não havia fim, nem conclusão, nem limite. O menino sentia que aquilo era inadequado, que não estava certo; desfalecia, tremia, e ainda assim engatava uma sílaba atrás da outra: *tintintintintin*.

— Para que algo tão longo, hein, enrolador? — comentou o professor venenosamente. — Mantenha a sua *proportio*!

Rapidamente Pizónski apagou do quadro a série interminável de sílabas e com mão firme e decidida escreveu o curto *Kótin*.

Apanhado de surpresa pela abreviação rápida da palavra antes arrastadamente disposta, o professor considerou aquilo uma farsa ultrajante: estalou a vara na orelha de Pizónski, e de novo, com voz ainda mais severa, instou-o a observar a proporção.

— Não consigo — respondeu decididamente o menino.

— Não consegue o quê?

Kótin, o provedor, e Platonida

— Não consigo escrever na *proportio*.

O professor lançou a cabeça para trás, e a criança, sabendo o significado desse movimento, com imperturbável resignação, aproximou-se do banco, junto ao qual havia sempre um balde com feixes de varas.

— Então, Makrina, acomode-se! — convidaram-no os açoitadores de plantão, e realizou-se o suplício.

E toda vez repetiam essas brincadeiras e divertiam-se à custa dele, e todos os dias ele riscava o interminável *Konstantintintintintintin* por uma hora inteira, sob risos gerais, e depois, atingindo o desespero, de repente escrevia o curto *Kótin* e ia para o banco dos açoites. Todos os dias, fustigavam-lhe os vergões ainda abertos, mas, apesar disso, ele não entrava na sua *proportio*: estendia o próprio nome ao infinito ou, em desespero, punha o curto *Kótin*.

O fim da educação de Pizónski deu-se quando os camaradas fraturaram a sua cartilagem nasal, deslocando-lhe o nariz para o lado, e a diretoria o excluiu "por muita idade e pouco êxito" e propôs-lhe escolher algum meio de vida lícito. Para Pizónski, todos os meios de vida permitidos tinham igual significado e valor, e por isso ele nem inventou de ocupar-se da escolha de algum deles com particular exclusividade. Acima de tudo, pensou no pão e ingressou na ciência como ajudante de um artesão enciclopedista, caldeireiro, mecânico, encadernador, astrônomo e poeta. Os dois, ele e o patrão excêntrico, eram tudo e nada: encadernavam livros, pintavam paredes, estanhavam panelas, e faziam tudo isso sem dar tratos à bola, a preços baixos e muito mal. A parca renda diária mal dava para o sustento mais miserável; isso, porém, não os perturbava nem um pouco. Sentados amiúde sem trabalho e sem pão, esqueciam-se da fome, com entusiasmo liam alguma astronomia antiga e metiam os dedos no atlas celestial ensebado. O negrume vespertino que caía sobre a terra apenas fazia com que fossem para a janela, de onde pasmavam, olhando o céu noites inteiras, nomeando as constelações, ou recitando de cor "Manfred"[4] e "O anacoreta",[5] de Kozlov, ou ainda, finalmente, sentavam-se à soleira da *khata*[6] e punham-se a cantar em dueto:

> *Oh, ser humano!*
> *Lembre-se deste século.*
> *Observe os caixões,*
> *São lares eternos.*

E não se sabe até quando se prolongaria essa vida doce e poética da nossa Makrina, se ela, como homem que no prazo devido não escolhera para si nenhum meio de vida lícito, não tivesse sido recrutada "segundo o regulamento".

IV

Konstantin Pizónski passou três anos como sacristão militar, e no final, por intercessão da mãe, foi liberado para sustentá-la. Porém, ao voltar para casa, já não encontrou a velhinha neste mundo. Seguiu então para a Cidade Velha e apresentou-se ao tio e velho crente. Markel Semiónovitch Déiev aceitou recebê-lo frente a frente, escutou tudo o que o outro lhe dizia, em seguida chamou todos os que faziam "parte da sua família" e disse ao sobrinho:

— Vamos lá, vire-se!

[4] Poema dramático (1817) do inglês Lord Byron (1788-1824). (N. da E.)

[5] Poema cujo herói é um monge, escrito pelo romântico russo Ivan Ivánovitch Kozlov (1779-1840). (N. da E.)

[6] Casa camponesa típica da Ucrânia. (N. da T.)

— Como, titio? — perguntou Pizónski.

— É isso mesmo, vire-se de lado.

E o outro se virou.

— Muito bem, agora fique de costas.

Até isso Pizónski fez.

— Que tal? — perguntou Markel Semiónitch[7] aos de casa.

Uma gargalhada geral, aqui alta, ali mais contida, ressoou de todos os cantos em resposta a essa indagação.

E era realmente difícil olhar Pizónski sem rir: a cabeça calva e, ainda por cima, torneada à moda dos soldados, o nariz curvo, os olhos redondos de passarinho, os lábios azulados e um longo casaco de nanquim, comprado na cidade onde tivera fim a sua carreira militar: tudo isso, em conjunto, conferia à figura a aparência mais cômica e abestalhada.

— Três anos serviu como um diabo sem rabo e recebeu de prêmio três botões, e está bem assim. Pois agora, irmão, não esquente mais a cabeça; não se vire: do jeito que está, de cara pra soleira, suma de vez — anunciou-lhe o tio, firme e decidido, expulsando para sempre de sua casa dogmática o filho da herética e do herético.

Pizónski saiu.

Por distração, percorreu a cidade de cabeça descoberta, surpreendendo com sua calva os passantes, que riam dele com mais maldade do que os rapazinhos riram do profeta careca. Pizónski, porém, era mais paciente do que o profeta: não amaldiçoou ninguém, apenas chorou um pouco, baixinho, sentado sob um sinceiro, fora dos limites da cidade. Estava completamente sem abrigo, sentado à beira da estrada, como um mocho depenado.

---

[7] Corruptela do patronímico Semiónovitch. (N. da T.)

Costumam pensar que, em situações assim, o homem encontra-se a um passo de praticar o mal, mas isso não acontece a todos. Pizónski, pelo menos, não inventou nenhuma maldade: apenas sentia um peso no coração, uma dor profunda, e ficou sentado, chorando simplesmente, para se desafogar. Mas não se pode ficar sentado para sempre à beira da estrada: é preciso caminhar para algum lugar, procurar em algum lugar um abrigo que seja.

V

Pizónski lembrou-se de que, num lugarejo não muito distante da cidade, morava uma sobrinha de sua mãe e, portanto, sua prima, casada com um vizinho de sobrenome Nabokov; foi procurá-la. Caminhou, caminhou, não se sabe se pouco, não se sabe se muito, e na tarde seguinte chegou ao povoado onde esperava encontrar a parenta; lá ficou sabendo que nem ela nem o marido estavam entre os vivos, mas tinham deixado no mundo duas meninas: Glacha,[8] de uns cinco anos, e Nílotchka,[9] com mais de dois; mas também elas, essas órfãs, não estavam à vista; haviam sido levadas como pupilas por uma mendiga cega, Pustírikha. Era esse todo o seu clã e toda a sua tribo!

"Vou lá, pelo menos pra dar uma espiadela nessas garotinhas", pensou Pizónski, cada vez mais mergulhado na orfandade. E então encontrou Pustírikha, e com ela as crianças.

O encontro dele com as meninas aconteceu à noitinha. As duas, em farrapos imprestáveis, estavam sentadas em uma

[8] Hipocorístico de Glafira. (N. da T.)
[9] Hipocorístico de Nila. (N. da T.)

Kótin, o provedor, e Platonida

zaválinka[10] poeirenta, na frente da casa: a mais velha brincava, jogando para o alto pedras minúsculas com as mãozinhas; a mais nova, tristinha e desanimada, seguia com os olhinhos as mãos da mana.

Pizónski saltou-lhes de súbito, de um dos lados da *khata*, e parou diante delas, como um gênio horroroso de algum conto de fadas.

Olhou para as crianças, sentou-se perto delas na relva e envolveu-as nos braços.

— Minhas pombinhas! — disse ele. — É duro aqui com a vovó?

Elas se apertaram uma à outra, assustadas, olharam-se longamente e depois, de uma só vez, começaram a chorar baixinho.

Pizónski enfiou a mão no bolso e tirou de lá uma cebola cozida amassada, assoprou as migalhas de pão grudadas nela, partiu-a ao meio com as unhas e deu-a às órfãs.

Não se sabe bem se foi o chamado oculto do sangue ou o sabor sedutor da cebola doce cozida que predispôs as órfãs a Pizónski. Elas escorregaram da *zaválinka*, sentaram-se sobre os joelhos dele, uma de frente para a outra, e puseram-se a chupar a cebola, revirando com as mãozinhas o brilhante botão de soldado, pregado na gola de algodão grosseiro do casaco do titio.

— A vovó bate em vocês, crianças? — começou Pizónski diretamente, acariciando a cabeça das meninas.

— *Bade* — sussurraram as crianças baixinho.

— E dói muito?

— *Uuuiinntoo...* — arrastaram elas, mais temerosas e ainda mais baixinho, e, pestanejando as lágrimas, olharam

[10] Banco de terra batida, madeira ou pedra ao longo das paredes externas da isbá. (N. da T.)

com intensidade e tristeza infantil, de cortar o coração, para aquele mesmo botão, que brilhava tolamente.

Pizónski desfez-se num suspiro. Lágrimas infantis miudinhas, na face de uma criança amedrontada, ninguém aguenta ver. Diante dessas lágrimas, uma ternura e um amor inabarcável tomaram o seu coração. Ele estava disposto a tudo para secá-las, mas o que podia fazer por alguém? Ele, um mendigo, um aleijão, um feioso. Qualquer pessoa que visse a sua situação com certeza diria que ele próprio estava fadado a perecer.

E qualquer pessoa teria perdoado a sua omissão, pois um pobre feioso nada pode fazer por duas órfãs. Elas tinham pelo menos o abrigo miserável da Pustírikha; já Pizónski estava completamente desabrigado. E pegar uma criança alheia é, dizem, um ato de tanta responsabilidade, que o medo dessa responsabilidade sempre pode servir de desculpa e pretexto para deixar tudo por conta da irresponsabilidade do acaso.

Felizmente, Pizónski não filosofava, mas era muito sensível, e por isso agiu de outro modo. Esperou a volta de Pustírikha e pediu-lhe para pernoitar na casa. Ele ficou levantando a noite toda para ir ver as crianças e, antes do amanhecer, ao seu redor esvoaçaram visões tão maravilhosas que, pela manhã, esquecendo-se do próprio desamparo e desabrigo, começou a implorar à velha que lhe entregasse as órfãs.

— Eu vou aleitá-las, vovó; vou educá-las, minha boa velhinha — disse Pizónski.

Mas a velha não queria nem ouvir falar nisso. Ela planejava mandar as crianças esmolar, e por isso enxotou Pizónski e bateu a porta bem no nariz dele.

"Pelejar com ela no tribunal", pensou Pizónski, "leva muito tempo, e eu não tenho dinheiro para isso, e, até que ordenem que me entregue as crianças, ela já terá cegado as duas." Porém, separar-se das meninas e sair de novo sozinho,

Kótin, o provedor, e Platonida

só Deus sabe para onde, agora já lhe parecia impossível, e, na noite seguinte, ele planejou outra coisa.

VI

Tendo visto, junto a uma pequena eira camponesa, um balaio de fibras em que carregavam moinha e resíduos, Pizónski arrastou-o para trás do palheiro, despejou fora as espigas de centeio, forrou-lhe o fundo com feno fresco e escondeu-o na horta de Pustírikha. (Cometeu um crime: furtou o balaio.) No dia seguinte, mal o solzinho despontara no céu, e Pustírikha, segundo o costume, partira para esmolar, levada pelo cão-guia, Pizónski apanhou as meninas, que tinham ficado em casa, sentou-as no balaio, atrelou-o com a própria cinta aos ombros e, com um bordão longo na mão, pôs as pernas compridas a caminho da cidade. O medo de uma perseguição e o receio pelo destino das crianças, que dormiam como avezinhas implumes, enroscadas dentro do balaio que lhe ia aos ombros, tanto tangiam Pizónski, que ele, sem descanso, deu cabo de sessenta verstas[11] naquele dia de verão e, ao entardecer, pôs os pés na Cidade Velha. Ali não havia lugar nem para ele sozinho, e agora ainda aparecia com mais duas crianças que tomara aos seus cuidados.

Qualquer um teria pleno fundamento para chamar esse homem de estúpido.

— E agora, que é que ele vai fazer? Onde ele e as crianças vão se meter?

— Estúpido!

[11] Unidade de medida equivalente a 1,067 quilômetros. (N. da T.)

VII

No balanço das costas de Pizónski, as duas órfãs que viajavam no balaio dormiram o dia inteiro; o frescor da noite, porém, despertou-as, e, por causa do frio, elas começaram a encolher-se e a piar. Mas isso foi já perto do ancoradouro. Nesse momento, Pizónski já tinha virado na direção do canhameiral, junto à cidade. Ali ele sobraçou as duas, virou o balaio de boca para baixo e sacudiu-lhe o feno do fundo, deitou-as ali em cima, inclinou-se sobre elas, como uma galinha choca, e achegando-as ao próprio peito, durante toda a noite curta, aquentou-as com o calor animal do seu corpo, e ele próprio pôs-se a chorar... e chorou docemente, de felicidade.

"De que mais eu preciso?", pensava ele. "E de onde vem tanta alegria! Tu, meu Deus, quiseste reunir as crianças de Jerusalém, como uma galinha reúne os seus pintinhos, mas elas não quiseram... elas te desagradaram, não foram; mas as minhas vieram a mim... eu as raptei... as furtei... E as aqueço... Meu Deus! Perdoa-me porque as furtei!... Permite-me abrigá-las do mal... e perdoa-me... perdoa-me... por misericórdia, perdoa-me também porque furtei o balaio!"

E, terminada essa oração, soltou um soluço e no mesmo instante caiu em um sono pesado, aquentando sob o próprio peito as duas órfãs adormecidas. O cânhamo alto cobria esse ninho de tal modo que apenas do céu era possível vê-lo.

Bem cedo, mal se incendiara o solzinho de bom tempo, Pizónski levantou-se do lugar, cobriu as meninas adormecidas com o balaio e, para que elas, ao acordar, não pudessem derrubá-lo de cima de si, amarrou debaixo dele quatro feixes de cânhamo em cruz. Então saiu de seu esconderijo. Olhou ao redor, suspirou, persignou-se e pôs-se a caminhar pelas cercanias, na direção das hortas. A cidade ainda dormia, entregue à lassidão, em meio à neblina cor de fumo que se erguia do rio. Os lugares por onde Pizónski andava agora, pelo

Kótin, o provedor, e Platonida

visto, não lhe eram muito familiares, pois ele se esforçava para memorizar os mínimos sinais e, apenas depois de longas considerações, descobriu com os olhos uma horta grande, rodeada por uma cerca alta de aveleira silvestre; então se encaminhou diretamente para lá, transpôs a vala que circundava a cerca e, em seguida, a própria cerca. Já na horta, Pizónski curvou-se, saiu correndo rapidamente pelos sulcos do terreno e escondeu-se em meio aos canteiros de ervilha. Ali se acocorou e pôs-se a espreitar alguém. Passou uma hora inteira agachado entre as ervilhas, ora erguendo a cabeça timidamente acima da verdura, ora de novo se abaixando na raia, ao menor ruído. Que considerações teriam levado Pizónski até aquele lugar se, apenas poucos dias antes, fora expulso daquela casa com inaudita severidade e desonra? E quem ele queria encontrar agora? Adivinhar isso era impossível. Só uma coisa podia-se supor com fundamento: não era Markel Semiónitch que Pizónski queria encontrar.

VIII

Pizónski realmente esperava pelo aparecimento de uma pessoa, da família dos Déiev, completamente diferente, e perturbou-se de modo indescritível quando o portão do quintal rangeu baixinho e na horta entrou um rapaz alto, de cabelos encaracolados e camisa cor-de-rosa. Não era Markel Semiónitch e nem o seu filho, Marko Markélitch, mas, pelo visto, também não era quem Pizónski esperava encontrar.

Ao ver o robusto jovem entrar, Pizónski não só não se levantou como ainda se agachou o máximo possível.

O jovem que entrara na horta deu alguns passos pelo caminho estreito que dividia os canteiros em duas metades iguais, apoiou a mão esquerda no flanco, lançou um olhar alegre ao espaço amplo e coberto de legumes orvalhados, bocejou baixinho, espreguiçou-se e ficou ali, de pé, coçando uma perna com a bota da outra. Esse rapaz era a própria juventude, a encarnação do frescor juvenil. Pizónski examinava-o não sem satisfação, como se até esquecido da própria impaciência. Mas de novo rangeu o portão. Dessa vez apareceu na horta uma mulher jovem e alta, com um rosado alegre nas faces, e sobrancelhas retas e escuras, cor de zibelina. Vestia uma saia de lã preta, um colete antigo, forrado de pele, e a cabeça estava coberta por um lenço branco de algodão, com barrados cor-de-rosa.

Ao ver essa mulher, Konstantin Iónitch ruborizou-se de alegria até as orelhas e pôs-se a correr de um lado para o outro do sulco. Estava claro que essa era exatamente a pessoa que ele queria encontrar ali, e agora um único pensamento ocupava-o: como chamar a sua atenção sem ao mesmo tempo despertar a atenção do rapaz. Essa manobra era definitivamente impossível; Pizónski acocorou-se de novo e, prendendo a respiração, começou a esticar as gavinhas azuladas de uma ervilha.

IX

Enquanto isso, a beldade de rosto alvo, ao entrar na horta, soergueu a saia com uma mão, para evitar as ramas orvalhadas, e rumou diretamente para o canteiro de beterrabas novas. A Pizónski pareceu que a moça, ao ver o jovem parado no caminho, perturbara-se um pouco, mas de imediato sorrira. Com um andar tranquilo, ela chegou ao canteiro, colocou sobre a raia uma tigela de madeira, pintada a ouropel, e começou a colher agilmente folhas tenras de beterraba, colocando-as dentro da tigela. Nesse momento, com passo galante e silencioso, o jovem aproximou-se da beldade e disse-lhe com um sorriso alegre:

Kótin, o provedor, e Platonida

— Bom dia, cunhada!

Aquela a quem era dirigido o cumprimento não lhe deu a menor atenção.

O jovem sorriu de novo, rodeou a cunhada e agora, com muito mais resolução do que antes, pronunciou:

— Platonida Andrêievna, bom dia!

— Bom dia para você também, Avenir Markélitch — respondeu Platonida Andrêievna, sem tirar os olhos do canteiro.

Avenir fez uma profunda reverência à cunhada e começou a ajudá-la a arrancar folhas de beterraba, jogando-as na tigela.

— Não estou pedindo ajuda — disse Platonida Andrêievna.

— E isso atrapalha, por acaso?

— Não atrapalha, mas eu não quero.

— Deixe.

— Não, não deixo.

E, com essas palavras, lançou fora da tigela o molho de folhas de beterraba apanhado por Avenir.

— Por que a senhora está tão zangada, cunhada? — experimentou o jovem, aprumando-se inteiro.

— Por nada; não quero que fique me rodeando.

Avenir sorriu, de novo apanhou um punhado de ramos e de novo colocou-os na tigela pintada.

— Escute, Avenir! Faça-me um favor, leve pra longe de mim essa sua ajuda! — gritou a beldade e, não se contendo, desatou a rir e atirou diretamente na cara de Avenir as folhas arrancadas por ele.

Parece que Avenir esperava justamente por essa transformação.

— Olhe aí, cunhada, a senhora desatou a rir e de novo ficou linda!

— Pode contar outra mentira.

— Palavra, minha bela, e que Deus me parta em dois aqui mesmo se existir no mundo uma rainha tão linda como a senhora! — disse ele, fitando-a, com os braços cruzados no peito.

— Fu! — Platonida Andrêievna cuspiu, sem emoção, e voltou a colher com a mão alva folhas de beterraba orvalhadas.

Avenir afastou-se, andou um pouco, aproximou-se de novo da cunhada e pôs-se a falar baixinho:

— Mas por quê, hein, cunhada? Por que motivo a senhora estava chorando ontem à noite?

— E como é que sabe disso, que chorei?

— E eu podia deixar de ouvir?

— Humm... E como é que você conseguiu ouvir isso, seu bobo? — Platonida Andrêievna sorriu e disse: — Eh, já vi que vou ter de reclamar de você com Markel Markélitch, para que tranquem você em algum lugar à noite.

— Pra que me trancar?

— Pra não ficar debaixo de janelas, vagando por onde não deve.

— E daí? Pra isso mesmo o meu telhado já tem um buraco — respondeu Avenir.

— Tem um buraco é na sua cabeça, seu bobo, isso sim — disse Platonida Andrêievna. — Será que foi pouco o que já levou por minha causa? Quer que o seu irmão e o seu pai batam ainda mais em você? Pois vão bater.

— Que me surrem, então, enquanto podem. Isso se eu não começar logo a dar o troco.

— Era só o que faltava, troco! Não, Avenir, quer saber de uma coisa: ele, esse meu sogro, Markel Semiónitch, um dia desses, na frente de todos os anciães da casa de orações, disse que vai escrever um testamento deixando tudo para Marko Markélitch, e para você, seu bobo, por seu desrespeito ao pai, nadinha de nada.

— E eu com isso, cunhada? A senhora e o seu marido ficarão ricos. E eu ficarei feliz por vocês.

— Hu-hum... Mas me diga, Avenir, o que você realmente pensa da vida?

— Nada, cunhada, não penso nada. Pra que ficar pensando muito?

— Não é possível. Quer dizer então que gosta de apanhar por minha causa, até de ser surrado?

— Quem sabe? Pode ser que eu goste.

— Bobo.

— Bobo, mas fiel à senhora.

— Pois eu não quero que deixem você aleijado por minha causa e ainda o transformem em mendigo. O que é que você meteu aí, nessa cabeça?

Avenir permaneceu parado, de braços cruzados, em silêncio. Platonida Andrêievna, carregando o sobrolho, disse com seriedade:

— É melhor que você, seu desencaminhado, tome juízo, pois eu sou a mulher do seu irmão; cunhada, como se diz.

— E eu por acaso não me lembro disso, hein? — reagiu Avenir, impaciente. — Eu me lembro muito bem de tudo isso e não estou pensando nada de mau.

— Nada de mau! Bom ou mau, pouco importa. Mas fique sabendo só uma coisa: já estou farta de você, não quero ver você por aí à toa atrás de mim. Está me ouvindo, Avenir, está ouvindo ou não? Pois ouça bem! Não se atreva, não se atreva de jeito nenhum a vir aqui de novo me encontrar... E também não se atreva a interceder por mim em casa, não se atreva, não fique me importunando, dizendo que sou bonita... porque eu não quero isso; não quero, não desejo... E, mais uma coisa, já que é pra falar a verdade, fique sabendo também que eu já estou com nojo de você, é isso.

— Mas veja só... pra que falar uma mentira assim à toa, cunhada?

— Que mentira? Como assim, mentira? De onde você tirou que isso é mentira?

Avenir deu de ombros e, levando uma folhinha de beterraba aos lábios, chupava-a num estalo, com ar indiferente.

Platonida Andrêievna desatou a rir, levantou os ombros e disse:

— Venha, minha gente, venha ver só este bobo!

— Ora, ora, cunhada, chega de me chamar de bobo — respondeu Avenir.

— Por quê?

— Então por que é que me beijou?

— Quando? Quando foi, seu bobo, que eu beijei você? Inventou tudo isso, está mentindo, mentiroso, eu nunca beijei você.

— Nunca?

— Nunca.

Platonida Andrêievna corou e, inclinando-se, começou a arrancar as folhas de beterraba ainda mais rapidamente e a lançá-las na tigela ainda com terra.

— Será que a senhora já esqueceu, cunhada, do ano passado, quando os nossos não estavam em casa?

— E daí?

— Nós dois brincamos de esconde-esconde e lutamos em cima do feno... então, não lembra?

Platonida Andrêievna ergueu-se, cravou os olhos em Avenir e perguntou-lhe:

— Lutamos, e daí? O que tem isso?

— E ficou me fazendo cócegas...

— E depois...?

— E depois me beijou, não adianta teimar que não beijou.

— Irra, veja as coisinhas que ele fica lembrando! — respondeu Platonida, tapando o rosto com a manga. — Pode

Kótin, o provedor, e Platonida

25

até ser que, de fato, em algum momento, eu tenha beijado você, mas isso porque você ainda é um menino — por que eu não o beijaria? É o irmão mais novo do meu marido. Por isso, se calhar, beijo de novo, umas cem vezes.

— Então beije.

Avenir deu um passo na direção da cunhada e tocou-a levemente na manga branca de musselina.

— Chegue pra lá, seu bobo! — retrucou ela, séria, repelindo energicamente a mão do cunhado. — Quanta importância foi dar ao meu beijo! — continuou ela. — Quem vive nesta prisão beija até o diabo cornudo.

— Eh, cunhada, pois aí está de novo mais uma mentira; a senhora não beija tanto assim o meu irmão.

— Avenir! — gritou Platonida, erguendo-se e tentando falar do modo mais severo possível. — Por que tem tanta vontade de ser xingado, imprestável? Então, moleque nojento, vou lhe dar a pior surra que já viu.

— Lá vem de novo a senhora com essa história de moleque pra cá, moleque pra lá. Basta, já é hora de parar de me chamar de moleque.

— Pois eu o chamo assim porque você é um moleque.

— Mas se eu tenho vinte e um anos, a senhora tem a mesma idade. Não está neste mundo nem um pouquinho a mais do que eu.

— Eu sou mulher.

— E eu, homem.

— Um bobo, isso sim, e não um homem. Grande coisa, homem! E os homens são lá assim, como você?

— E como eles são, então?

— Como?... Pois eu não vou esquecer que você é um homem e vou lhe dar um tabefe daqueles.

— Ah, é? Então dê!

— Juro que dou mesmo!

— Então faça o favor.

— Dou e ainda vou passar uma descompostura, para envergonhá-lo ainda mais — disse Platonida Andrêievna, levantando a voz e, dessa vez, com uma zanga nada fingida. — Que suplício! Ele não faz nada, esse tonto; ninguém consegue arrastá-lo para o trabalho de serrar as toras, não quer cuidar do comércio, se está no cais, faz o possível pra voltar logo pra casa; e agora, ainda por cima, o que mais você inventou, seu canalha? A cabeça de qualquer outro teria rachado só de pensar uma coisa dessas. Vá embora, imprestável, fora daqui! — gritou ela, erguendo a tigela contra Avenir. — Fora! Senão vou chamar o seu irmão agora mesmo!

— Platoniiiida! — ressoou nesse minuto lá do pátio, de trás do galpão, uma voz seca, de taquara rachada.

Aos primeiros sons dessa voz, Avenir pôs-se a pular feito um cabrito sobre os canteiros da horta e, saltando a raia do campo de ervilhas, foi justamente dar de cara com Pizónski, que lá se escondera.

Ambos ficaram de cócoras, um em frente ao outro, como costumam se sentar os coelhos novos logo cedo, na orla do bosque, e ambos esfregavam com as mãos os olhos surpresos.

X

Enquanto isso, Platonida Andrêievna, acompanhando com um sorriso o saltitante Avenir, respondia tranquilamente ao marido:

— Já vou!

— Será que você não sabe por onde anda Avenir? — continuou a mesma voz, já um pouco mais perto.

— Não, Marko Markélitch, não sei — atendeu-lhe de novo Platonida.

Na cancela surgiu um homem moreno, baixinho, parecido com um ouriço, de cabelos grisalhos, uns quarenta e cinco anos, fisionomia raivosa e olhar desconfiado, que espiava severamente de soslaio.

— Ele não está por aqui? — perguntou o homem, enquanto parava e cruzava os braços sobre a cancela.

— Não.

— E não esteve?

— Não esteve.

— Não mesmo?

— E o que ele viria fazer aqui, Marko Markélitch?

— Onde foi então que aquele cachorro louco se meteu?

— Parece que ele deve estar em algum lugar do cais, saiu logo cedo — respondeu Platonida Andrêievna.

— Pois continua fazendo tudo fora de hora.

— Apressou-se, pelo visto, porque há muito trabalho.

— Realmente, muito aplicado! Que tal deixá-lo hoje de novo sem chá por causa dessa aplicação? Papai e eu vamos à tecelagem, e, se ele voltar, nada de colocar outro samovar! Está me ouvindo ou não?

— Estou.

— Se não consegue respeitar os horários, então não deve tomar chá.

— Não darei.

— Isso é uma ordem: não dê!

— Não vou dar, não vou dar, Marko Markélitch. O senhor acha que vou desobedecer uma ordem sua? Depois pode até perguntar à Dária — respondeu Platonida Andrêievna ao marido.

A cancela bateu com um estalo na roldana, e do canteiro de favas verdes nesse minuto assomou a cabeça assustada de Avenir. Agilmente, pôs-se a pular de novo como um cabrito pelos canteiros e, enquanto corria, em silêncio, apontava com a mão o campo de ervilhas a Platonida Andrêievna.

— Pra longe da minha vista, desmazelado nojento! —

pronunciou ela, aproximando-se dele e olhando ao redor. — Que negócio é esse de ficar pulando feito cabrito pela horta? Suma daqui, já falei!

Mas Avenir, sem dar ouvidos a essa ordem, em silêncio, tomou a cunhada pela manga e, também em silêncio e de cara séria, apontou-lhe com a mão o canteiro de ervilhas, atrás do qual Pizónski se escondia até então.

Mal olhou na direção indicada, Platonida deu um grito estridente e deixou cair a tigela com as folhas de beterraba. No campo de ervilhas, a alguns passos do espantalho destinado aos pardais, estava a longa e engraçada figura de Pizónski, da qual, assim como do espantalho, pendiam andrajos da bata de algodoim úmida, cingida à cintura com uma rama de cânhamo.

— Queridinha! Espere! Querida senhora Platonida Andrêievna, espere! — começou Pizónski, esgueirando-se para fora do seu esconderijo. — Eu não vim mal-intencionada.

Platonida Andrêievna, muda de surpresa, observava a estranha figura à sua frente, parecia-lhe que o próprio espantalho do campo de ervilhas saíra do lugar para acusá-la do pecado de Herodias, ou seja, de sua queda afetuosa, embora infantil, pelo irmão do marido.

Konstantin Iónitch, destruindo as convicções de Platonida Andrêievena sobre a identidade dele com o espantalho do campo de ervilhas, apressou-se em declarar o próprio parentesco com a moça e, em seguida, lembrou-lhe ter sido recebido por Markel Semiónitch e por seu marido Marko Markélitch três dias antes e, finalmente, fazendo-lhe uma reverência profunda, pediu-lhe que o ajudasse a abrigar as crianças escondidas no canhameiral.

É bem sabido que nunca e a ninguém uma mulher é capaz de revelar simpatia mais generosa e melhores serviços do que a quem, casualmente, torna-se testemunha de alguma fraqueza do seu coração. Platonida Andrêievna confirmou a verdade absoluta dessa afirmação: sem perguntar mais nada a Pizónski, colocou a questão logo a Avenir:

— Como é que vai ser? Por onde começamos, Avenir?

Avenir apenas abriu os braços.

— Quer ver — prosseguiu Platonida Andrêievna. — Você, Avenirka,[12] vá procurar a vovó Rokhovna em meu nome; embora ela não seja das mais religiosas, também não é insensível; quem sabe fica com pena e aceita.

E Pizónski continuou:

— E informo-lhe, minha sábia, que nelas, nessas pobres avezinhas, já não há nadinha de roupa; uma ainda está de camisolinha, mas a outra, a menorzinha, nuazinha de todo. Eu a embrulhei nas minhas calças, mas assim não lhe fica muito decente, os trapinhos que ela usava desfizeram-se, é isso, desfizeram-se de todo.

— Isso não é problema — respondeu Platonida. — Trarei algumas roupinhas usadas agora mesmo. É só Dária, a ladra, não me ver! — acrescentou ela, olhando para Avenir e levando um dedo aos lábios. — Ela fica o tempo todo atrás de mim, de olho em cada passo que eu dou.

— Então, cunhada, faça de conta que a senhora vai pegar algum trapo imprestável para o espantalho: enrole num volume bem pequeno e traga para cá — instruiu-a Avenir.

— Só se for algo meu; de criança eu não tenho nada, porque não temos crianças em casa, eu não engravido — disse Platonida, correndo na direção da cancela.

Passados uns cinco minutos, ela gritava alto no quintal: "xô! xô!" e vinha correndo para o canteiro, com uma trouxa abarrotada, enrolada e amarrada com força, da qual balançavam pontas de algodoim e de linho e a aba de algodão acolchoado de um casaco feminino. Depois de empurrar o

---

[12] Hipocorístico de Avenir. (N. da T.)

rolo nos braços de Pizónski, Platonida puxou Avenir pelo cotovelo e disse:

— Tome, passe rapidinho lá na taberna, beba o seu chá lá — e, dizendo isso, meteu-lhe na mão uma moeda de quinze copeques.

Avenir afastou carinhosamente a mão da cunhada e falou:

— Guarde isso, cunhada, guarde isso; vai precisar dela; e eu passo muito bem sem o chá.

Com essas palavras, Avenir, não pior do que um hábil acrobata, voou sobre a paliçada e correu atrás de Pizónski, que, depois de cingir com os braços as roupas surradas, já seguia para o campo a passos largos.

XI

A vovó Fevrónia Rokhovna, anciã dos velhos crentes, curandeira e parteira local, era uma velha muito bondosa e, como observara Platonida Andrêievna, nada "insensível". Permitiu que Pizónski e as crianças carregadas por ele no cesto morassem em um quartinho de despejo de madeira, onde ficavam dependuradas várias raizinhas e ervas curativas e pseudocurativas. Por algum tempo, até o outono, Pizónski refugiou-se ali, de modo que pelo menos a chuva e o frio noturno não o afligiam nem às crianças; e Avenir, umas duas vezes por semana, levava para lá, em nome de Platonida, assados e cozidos, leite e produtos da horta. Pizónski arranjou-se ali. Costumava sentar-se no chão do quartinho, junto à cama, onde ficavam as crianças, e então as distraía com brinquedos caseiros feitos por ele ou manejava a agulha, transformando as coisinhas enviadas por Platonida em várias blusinhas, chapeuzinhos, camisolas forradas de algodão e até vestidinhos para as meninas. Ele costurava muito bem, como uma mulher habilidosa. Tinham-lhe ensinado essa arte no convento, quando era considerado uma menina. Na Cidade Velha, por enquanto, praticamente mais ninguém sabia de Pizónski, e quem sabia, ou nada pensava a respeito dele ou achava que aquele era um novo mendigo, um novo pedinte no átrio da catedral. A própria vovó Rokhovna, olhando a azáfama e os cuidados de Pizónski, não lhe vaticinava outro destino, e em pensamento censurava-o por ter pegado as criancinhas.

— Como você e elas vão se virar, Iónitch? — disse-lhe mais de uma vez, apontando as crianças.

— Vovó — respondia-lhe Pizónski —, deixou-se ficar o profeta Elias em uma estepe despovoada, diante de seus olhos apenas o mar azul, às suas costas um íngreme penhasco pedregoso, e podia ter morrido de fome nesse penhasco selvagem.

— Foi assim, meu querido — confirmou Rokhovna.

— Então Deus mandou-lhe um corvo — disse Pizónski, animando-se — e ordenou à ave que alimentasse o seu servo, e ela o alimentou. Repare bem: uma ave o alimentou, vovó! *Uma ave*!

— Foi assim, meu querido, ela o alimentou mesmo.

— Pois então, mãe Fevrónia Rokhovna, a ave o alimentou. E Deus me mandou duas aves: o corvo Avenir vem me visitar, e o cisne branco Platonida Andrêievna toma conta de mim; eles me alimentam e também alimentam as minhas filhotinhas, enquanto eu cuido de vestir as meninas e firmo pé na vida.

"Onde é que vai firmar pé na vida?", pensou consigo a vovó Rokhovna, em silêncio, já se afastando de Pizónski; mas logo ela mudaria de opinião.

Konstantin Iónitch, enquanto recebia o adjutório de Avenir e Platonida, não ficou sentado olhando o tempo passar, nem esperando que certas águas movessem o moinho. O seu enciclopedismo logo se mostrou útil e salvador. Pizónski mostrou à vovó Rokhovna que nem ele próprio nem as suas filhotinhas morreriam de fome ou de frio. Depois de coser as roupas das meninas, entrou em negociações com a vovó para obter a permissão de arrumar o quarto de despejo por conta própria, transformando-o em um quartinho habitável, sob a condição de que, quando Deus endireitasse a sua vida, devolveria a ela o cômodo em ordem, e, enquanto ali morasse, começaria a pagar-lhe uma moeda de cinquenta copeques por mês.

Vovó Rokhovna concordou, não vendo nisso nada mais do que um rendimento. Pizónski, usando as horas em que as crianças, esgotadas de tanto brincar, caíam no sono, arrastou pelo terreiro da vovó um saco de argila, com que rebocou o quartinho cuidadosamente, socou o chão de terra batida, construiu um fogãozinho e, no final, soltou um grasnido de alívio.

Uh-uh! Quão rico e feliz estava Pizónski agora, e que exemplo edificante ele podia dar ao grande número de pessoas que resolvem complexos tratados sobre a felicidade!

XII

Com a organização do quartinho, Pizónski afugentou para longe qualquer inquietação. Agora ele tinha apenas uma preocupação vital: a preocupação de acostumar Glacha, a menina mais velha, de cinco anos de idade, a cuidar, durante a ausência dele, da irmã mais nova, Nílotchka, ou, como Pizónski a chamava, *Mílotchka*.[13]

Depois de fazer com que Mílotchka, ainda de pouco tino, pudesse ficar sob a vigilância de Glacha, Konstantin Ió-

[13] Queridinha. (N. da T.)

Kótin, o provedor, e Platonida

nitch começou a ausentar-se de casa por pouco tempo e, após cada uma dessas ausências, sempre voltava com compras, nas quais gastou os últimos dois rublos trazidos da caserna. Primeiro chegou com um velho pote esmaltado, depois, em algumas idas e vindas, trouxe várias latas, frasquinhos e garrafas imprestáveis e, finalmente, noz de galha, mel e negro de marfim. Com esses preparados e materiais, Pizónski pôs-se à frente do fogão, em atividades químicas. Uns dois dias depois, saiu de casa com uma garrafa grande de tinta e uma caixa de madeira com graxa preta lustrosa. Nas tintas, Pizónski teve prejuízo, pois os guardas das repartições públicas faziam tinta com dinheiro público e, portanto, podiam vender esse produto aos de fora muito mais barato do que ele; a sua graxa preta fresca, porém, mostrou-se muito melhor do que a graxa azul seca, recebida de Moscou em barras, e essa parte do comércio salvou-o das dificuldades. Konstantin Iónitch reanimou-se completamente e tornou-se ainda mais decidido e empreendedor. Logo a Cidade Velha passou a vê-lo entrando e saindo de casa em casa, com a caixa de madeira repleta de graxa preta e escovas artesanais baratas e resistentes. Com sua caixa, Pizónski corria todas as casas, vendas, repartições públicas e hospedarias; nos diversos lugares, em silêncio e sem pressa, granjeou a simpatia de todos, fez amizade com todos e a cada um era útil em alguma coisa. No tribunal da província, havia uns vinte anos, o relógio batia com uma badalada tão rápida que ninguém conseguia contar quantas eram: uma ou doze; pois Pizónski retirou o relógio, remexeu nele, golpeou-o, e ele começou a bater bem: uma, duas, três, do modo certo. Para o protopope Tuberózov, Pizónski instalou na janela um ventilador de folha de flandres. O protopope elogiou-o e disse: "Ei, você não é garboso, mas não lhe falta talento". Para o chefe municipal, Kótin fez uma perna de madeira, que servia de apoio para escovar as botas de cano alto, e esse também não perdia a oportunidade de elogiá-lo. Para o diácono Akhilla, a pedido do próprio, prendeu esporas às botas que ele pretendia usar ao cavalgar pela aldeia, visitando os conhecidos. É verdade que tiveram vida curta, porque o arcipreste Tuberózov encontrou Akhilla de esporas e ordenou que fossem retiradas ali mesmo, mas de qualquer modo também elas contaram ponto para Pizónski. Depois Pizónski consertou a sombrinha de um, estanhou a frigideira de outro, soldou peças de cobre de um terceiro, colou uma louça quebrada, e, quando a Cidade Velha deu por si, nesse pouco tempo, ele já ganhara o título de cidadão mais útil da cidade. Agora parecia que se o próprio Pizónski pensasse em sair dali por algum motivo, todos entoariam a uma só voz: "Não! Como vamos ficar sem Konstantin Iónitch?". A esposa do administrador dos correios, que tinha fama de grande patroa e enorme víbora, até já expressara algumas vezes, publicamente e de antemão, a opinião de que viver sem Pizónski na Cidade Velha seria impossível.

Juntando-se à voz dela, em pouquíssimo tempo, também outros começaram a falar o mesmo.

— Não, não, não — diziam esses outros. — Deus nos livre de ficar sem Konstantin Iónitch! Agora a gente lembra aquele tempo quando ele não estava aqui e por qualquer besteira o jeito era mandar chamar alguém na província e nem entende como era possível viver.

Pizónski talvez já devesse tomar cuidado para não despertar contra si a inveja e a maledicência, mas ele se comportava com quietude e retidão e, sem se ufanar dos próprios êxitos, não despertava inveja em ninguém.

Seu bom nome crescia, e a simpatia por ele aumentava. Essa simpatia manifestava-se não apenas em palavras, mas também em ações. Na cidade, apareceram de repente algumas pessoas seriamente ocupadas com a ideia de acomodar ali, em definitivo, o muito útil Konstantin Iónitch.

Kótin, o provedor, e Platonida

A primeira a expressar esse desvelo foi a esposa do administrador dos correios.

Essa dama corpulenta e palpitante, temida como fogo grego por todos os carteiros e temida, mais do que todos, pelo próprio marido, chegou a tal ponto na simpatia pelo muito útil Pizónski, que impôs ao marido o obrigatório dever de dar-lhe um lugar na agência dos correios.

— Mãezinha! — cruzando os braços no peito, começou o marido em tom suplicante, querendo, com esse gesto humilde, explicar à esposa como seria difícil arranjar um lugar para Pizónski na agência dos correios.

— O quê? — gritou-lhe a palpitante esposa, ameaçadora. — Eu exijo isso; você está me ouvindo? *Exijo*.

— Meu anjo! — entoou o administrador dos correios em uma nota ainda mais baixa. — Mas e se isso não for possível?

A esposa só lançou ao marido um olhar frio e desdenhoso.

— Dezideri Ivánitch, meu queridinho — dirigiu-se o administrador, no dia seguinte, ao responsável pelo pessoal —, faça-me uma gentileza, descubra como podemos dar um lugar a Pizónski. Agáfia Alekséievna exige isso sem falta.

— Deus meu, lá vem você! — respondeu o funcionário, e os dois juntos puseram-se a refletir.

— Veja só — começou Dezideri Ivánitch, puxando com dois dedos o lábio inferior. — Talvez seja o caso de colocá-lo para assinar o livro dos recebimentos.

— Palavra! Você é um verdadeiro ministro! — respondeu o administrador, feliz da vida, e no mesmo instante mandou o guarda buscar Konstantin Pizónski.

O convocado Pizónski ficou e não ficou feliz com a própria sorte: por um lado, seduzia-o o encanto de trabalhar assinando recibos em lugar dos analfabetos, mas, por outro, ao lembrar o próprio grau de alfabetização e, principalmente, ao levar em conta o tempo que passara sem exercitar aquela arte caprichosa, não se decidia a aceitar a complexa tarefa.

— É que sou uma moça acanhada com a pena — disse ele ao administrador.

— Dezideri Ivánitch vai lhe ensinar, Konstantin Pizónski, ele vai lhe ensinar.

Pizónski pensou e, incendiado por uma cupidez inocente, respondeu: "Se ele vai ensinar, então...".

Deram a Pizónski a posição de "assinador", mas não lhe foi muito proveitosa essa posição apadrinhada. O seu primeiro dia no correio, quando ele teve de assinar por um destinatário analfabeto, foi também o seu último dia de serviço.

— Escreva, Konstantin Iónitch — ditou-lhe o funcionário.

Pizónski passou a mão na pena, primeiro a lambeu, depois a molhou, depois colocou a mão sobre o papel, escorou na mão a bochecha direita, traçou longamente com a pena vários desenhos e, finalmente, exclamou: "Às ordens!".

Pausada e nitidamente, o funcionário começou a ditar: "Os sete rublos e dez copeques em prata acima mencionados foram recebidos e quitados pelo referido, analfabeto, em lugar do qual assina o soldado raso aposentado Konstantin Pizónski". O assinador aproximou ainda mais a bochecha do papel e começou a traçar as linhas.

Dessa vez, desenhou interminavelmente; os seus olhos redondos saltaram de tanto prestar atenção na mão que conduzia a pena; na testa, acumulavam-se gotas de suor gelado; e todo o seu rosto expressava uma inquietação insuportável.

Isso se prolongou por um bom quarto de hora, ao fim do qual Pizónski, de repente, recostou-se rapidamente no encosto da cadeira, depois se ergueu de um salto e pôs-se a tremer, sem tirar os olhos do recibo. Nesse momento, a sua expressão era simplesmente terrível: ele parecia um médium que despertara um espírito e assustava-se com a aparição. O funcionário e o administrador dos correios deram uma olhada na página fatídica e também pasmaram. Nessa página, pela mão de Pizónski, tinha sido desenhado: "Us satiru e descoque sempra recedos e tados no lugar Konstantintantin...". Esse nome, tão mortal quando reproduzido com a pena, despertou na alma de Pizónski todos os esquecidos sofrimentos da infância de órfão; cada "tantintantin..." derramado, um após o outro, manifestou-se diante dele como um novo duende ou gnomo maldoso e zombeteiro, e ele não suportou, levantou-se e, tomado de pavor, pôs-se a tremer.

— Veja só, meu anjo, como ele assinou — disse o administrador dos correios um minuto depois, mostrando à esposa o livro dos recebimentos.

A esposa não aguentou e começou a rir ao ler o "satiru" de Pizónski.

— E "tados no lugar" — apontou-lhe o marido, animado pelo sorriso dela.

— E por que está me mostrando essa particularidade?

— Perdoa-me, meu encanto, mas "tados no lugar"! Como é que se pode dizer uma coisa dessas? Isso não faz nenhum sentido.

— Sim, estou vendo, mas apesar disso ainda terei a melhor opinião sobre ele — respondeu a esposa do administrador dos correios, de tal maneira, que parecia ter a melhor opinião apenas sobre aqueles que não têm talento para trabalhar no correio.

Essa nova piada sobre Pizónski espalhou-se pela cidade; mas nem ela prejudicou a sua reputação inabalável. Ao contrário, foi praticamente a partir daí que começaram a receber Pizónski na casa dos funcionários públicos não como um artesão, mas como um artista independente, para o qual as miudezas dos trabalhos em repartições públicas são até indecorosas. Agora já não o alimentavam nas cozinhas, mas o faziam sentar-se em uma cadeira especial, junto à porta da sala; serviam-lhe um cálice de vodca não entre os dedos mas com um pedaço de pão, e dirigiam-se a ele, frente à frente, não com um simples "você", mas com um "você, Konstantin Iónitch". Pizónski foi içado da posição de trabalhador camponês até tal altura que o próprio prefeito começou a mandar servir-lhe chá não no abrigo, mas no alojamento dos trabalhadores, e permitia-se discutir assuntos com ele sob a verga da porta. E não se passou nem um ano até que todas as pessoas notáveis da Cidade Velha, do modo mais imperceptível, se tornassem amigas e partidárias desse pobre forasteiro, e chegou também o tempo em que ele se tornou proprietário e cidadão.

XIII

Enquanto prestava os serviços possíveis a todos e a cada um e ganhava a boa disposição geral sem buscar nenhum tipo de bajulação, Konstantin Iónitch nunca se queixou do destino e também nunca disse a ninguém palavra alguma sobre as órfãs. Apenas quando alguém, às vezes, perguntava: "Pois, então, Konstantint Iónitch, como vão as crianças?", apenas então e só nesses casos Pizónski respondia: "Vão vivendo, meu jovem, pouco a pouco".

— Você, Konstantin Iónitch, devia pensar em lhes dar algum tipo de educação — diziam-lhe as senhoras.

Pizónski esquivava-se ou respondia brevemente:

— É claro, minha jovem, estou pensando nisso.

— Quem sabe não as leva para estudar lá em casa — ofereceu-lhe a esposa do administrador dos correios.

Pizónski também disso se esquivava:

— São selvagens as meninas, minha amiga, muito solitárias; não costumam visitar ninguém, o que vão fazer em uma casa senhorial?!

Quanto à educação das crianças, Konstantin Iónitch tinha planos próprios, sobre os quais não conversava com ninguém, mas que conhecia nos mínimos detalhes.

A sua consciência, que não lhe permitia avançar nenhum passo à frente de quem quer que fosse, apurava sua atenção para bens descartados, deixados à toa, que não eram necessários a ninguém nem despertavam a atenção de ninguém. O fracasso da carreira nos correios convencera Pizónski ainda mais de que ele não podia seguir pelos caminhos do apadrinhamento. Sentia que para si eram proveitosos os caminhos diretos, seria mais cômodo tomar nas mãos o que os outros desprezavam e o que não levaria a uma luta indigna nem traria inimigos ou invejosos.

Pizónski viu que nesta nossa terra vasta, nesta ampla faixa de terra, havia propriedades não ceifadas, não aradas e ainda intocadas, de onde poderiam ser tirados frutos pelas mãos de quem não poupasse o próprio suor. Foi então que ele deu um novo passo na organização da vida das órfãs. Certa vez, no verão, Pizónski apareceu na sessão da Câmara e disse:

— Será que os senhores parlamentares não fariam a gentileza de ceder-me a ilha despovoada, debaixo da ponte, para que eu possa alimentar a mim e às minhas órfãs?

— De fato — puseram-se a comentar os integrantes da assembleia —, podemos lhe entregar a ilha despovoada. De qualquer modo, esse deserto não terá nenhuma outra serventia, deixemos que esse baldio seco pelo menos seja útil a um homem honesto.

E Pizónski, de graça, sem tributos e por um prazo bem longo, ganhou a propriedade da ilha despovoada: reino de decadência, ervas daninhas, cobras e urtigas. Para Pizónski, a aquisição foi uma felicidade tão grande que nem conseguia imaginar alguém, no mundo inteiro, que pudesse ser mais feliz do que ele. Já no primeiro ano do recebimento da ilha como propriedade sua, Pizónski construiu um casebre, cavou um abrigo subterrâneo, abriu um fosso e colocou portõezinhos. No ano seguinte, a ilha despovoada era já um melancial, que dava a Pizónski e às órfãs o pão, o sal e todos os alimentos de que necessitavam. No inverno, Pizónski sentiu-se até um verdadeiro fidalgo. Adquiriu vários livrinhos, onde lhe foi possível, e alfabetizou as suas órfãs, e o êxito das duas meninas, muito espertas, trouxe-lhe inaudito consolo. Nesse bem-estar encantador, nesse cotidiano paradisíaco, passaram-se para o nosso Robinson quatro anos inteiros: nada perturbava a paz familiar nem por um minuto; as crianças cresciam e aprendiam; em casa, criavam um cavalinho e tinham um cabriolé, que Pizónski, por amor à arte, a cada primavera repintava com tinta nova; os anos foram de boa colheita, ele não queria mais nada. Pizónski era considerado por todos como pessoa útil em tudo e em toda parte, e realmente só não servia para funcionário público.

E assim Pizónski se ergueu, sem apadrinhamento e sem proteção, e era ele próprio quem protegia aquilo que deve ser protegido: *a infância*.

Mas... Sempre nos esperam, onde nem imaginamos, variados e desagradáveis *poréns*.

XIV

Naquele ano memorável, quando em muitos lugares da Rússia, antes do outono, as cerejeiras e macieiras começaram a florescer nos pomares pela segunda vez, e o povo profetizou, por causa desse fenômeno, uma enorme epidemia, partiu para a eternidade Marko Déiev, marido da jovem Platonida Andrêievna, que conhecemos na horta. Em um caixão entalhado de uma grande tora de carvalho, com velas muito pesadas, incensos e cantos roufenhos dos *raskólniki*, levaram-no ao cemitério e, segundo o costume, cobriram-no com a terra que ele socara com as próprias botas por meio século. Ninguém se consumiu sobremaneira no túmulo do finado Marko. A viúva, Platonida Andrêievna, chorou um pouco, baixinho, e o velho Markel Semiónitch deixou cair algumas lagrimazinhas. E essa foi toda a expressão de pesar por esse defunto. Avenir, o irmão do finado, permaneceu completamente indiferente à morte do parente cruel, ainda mais que, durante os três últimos dias, enquanto o defunto jazia em casa, o velho Markel Semiónitch, que começara a entornar um copo por temor da cólera, umas cinco vezes pôs-se a espancar Avenir com o que encontrava à mão, e, além disso, acusava-o de insensibilidade e dizia-lhe: "Você, seu indolente, é que devia esticar as canelas, e não o seu irmão". Markel Semiónitch, aflito tanto pelo desgosto da perda e temor da morte quanto pelo consolo da vodca, não conseguia de jeito nenhum recobrar a forma e não se cansava de se apoiar no copo. Depois de cobrir o filho com terra, ali mesmo, no cemitério, bebeu num cálice de prata pela alma dele, e, também ali, distribuiu com as próprias mãos um saco de moedas de cobre para o banquete em memória do morto. Depois se sentou na velha carruagem de quatro rodas, atrelada a um cavalo morado, e, na altura dos seus joelhos, ao seu lado, sentou-se a jovem viúva, Platonida Andrêievna. Os olhos claros e lânguidos da jovem tinham chorado muito pouco, e assim que, junto com o sogro, ela saiu do cemitério para o campo que separava os túmulos da cidade, esses olhos claros secaram-se completamente e passaram a olhar, por debaixo dos cílios espessos, ainda mais límpidos do que antes. Era como se as lágrimas apenas os tivessem limpado ou como se apenas agora eles vissem pela primeira vez a luz divina. Sim, seria possível supor, mais provavelmente, que apenas agora, pela primeira vez, viam essa luz. E isso diziam não somente os olhos da bela jovem, mas também o seu peito alvo, que agora arfava livre e amplamente, sob o colete carmim forrado de peles.

Quem, nesse momento, ousaria lembrar a essa exuberante rosa: "Você é uma jovem viúva!"? Quem levaria as próprias mãos a ceifar, com uma lembrança dessas, a florzinha viçosa, que com tanto vigor exige o próprio direito de florescer, de alegrar a visão e de derramar o seu aroma? Não, nem o mais ardoroso idealista haveria de aconselhá-la a levar a vida em suspiros por aquele que migrara para a eternidade; nem o mais fanático dos hindus poderia condená-la à cremação junto com o marido, e se o severo asceta não lhe dissesse: "Esposa! No futuro todos os seus pecados serão perdoados", então o poeta, olhando o seu rostinho infantil, com certeza exclamaria:

> *Morto, no túmulo dorme em paz,*
> *Deixa a vida ao vivo!*[14]

Nem o severo e velho Déiev lhe fazia censuras pela escassez das fontes de suas lágrimas, e, voltando do enterro do filho, desculpou a nora por sua beleza terrena e, contemplando-a, pronunciou apenas:

— Está muito mal-acomodada, Platonida! Sente-se aqui, meu cisne, mais perto! — Dizendo isso, o velho puxou a nora com as próprias mãos, levando-a das costas do cocheiro para perto dos seus joelhos, e acrescentou de novo: "Sente-se assim".

— Não, papá, não precisa; estou até muito bem — respondeu Platonida Andrêievna.

---

[14] Citação não literal (em lugar de "morto", "adormecido") da tradução de Jukovski para a balada de Schiller "Festa dos vencedores". (N. da E.)

— Acerque-se um pouco mais, assim ficará ainda melhor.

Então Platonida Andrêievna, para agradar o sogro, aproximou-se um pouco. Markel Semiónitch contemplou-a longamente, reparando no nariz, na testa, cílios e, no final, pronunciou:

— Você, uma esposa jovem, pode até chorar pelo marido o quanto se deve, afinal ele era o seu marido; mas não deve se consumir muito nisso; na minha casa, não vai ficar abandonada nem desprovida.

Platonida Andrêievena fez uma leve reverência ao sogro.

Essa gratidão resignada agradou tanto a Markel Semiónitch que ele, apeando da carruagem junto aos portões, estreitou com força o braço da nora na altura do cotovelo e disse-lhe mais uma vez:

— Não tenha medo, meu cisne, não tenha medo de ninguém.

À mesa do réquiem, Markel Semiónitch disse algumas vezes, em público, que, embora o filho tivesse morrido sem herdeiros, ele, o sogro, tinha consideração pela viúva e desejava nomear a nora no testamento, tencionando dar-lhe uma parte igual à de Avenir.

— E pode ser até — acrescentou ele, olhando de viés para Avenir —, pode ser que eu tenha a ideia de deixar tudo para ela, sozinha, por ser ela merecedora, pois não tenho nenhuma censura a lhe fazer e estou satisfeito com ela, e os bens são todos meus; a quem eu quiser dar, darei.

Platonida Andrêievna corou até as orelhas, não sabia o que dizer ao sogro e nem o que pensar e, desconcertada, fez junto à mesa uma reverência profunda e perturbada.

Durante todo o almoço, Markel Semiónitch fortificou-se, virando tacinhas e, no final, ficou levemente embriagado. Depois de despedir como pôde os convidados, caiu no divã e apenas pronunciou insensatamente:

— Minha nora!

Platonida Andrêievna e Avenir pegaram o velho pelos braços e carregaram-no até a cama.

— Minha nora! — pronunciou ele de novo, enrolando ainda mais a língua, quando o colocaram na cama.

— O que o senhor deseja? — perguntou-lhe Platonida Andrêievna, mas Markel Semiónitch já dormia e não lhe respondeu nada.

Avenir e Platonida deixaram o velho dormir em paz e foram cada um para um lado.

XV

Avenir contornou a horta e saiu pelo pátio, enquanto a jovem viúva ficava sentada junto à janelinha, esmorecida de tristeza. Ela não tinha pena do marido severo e intratável, porque nunca na vida tinha ouvido dele nada além de ameaças e repreensões e nunca tinha esperado nada de bom da parte dele no futuro. Mas, agora, o que ela teria pela frente? O que a esperava — sozinha, viúva e sem dote — nesses anos da sua juventude? A vida, porém, é tão boa, e tanto se quer viver, e a vida tanto nos seduz que chega a girar e girar algo diante de nossos olhos...

— Ei, alto lá! Que tipo de pensamento é esse — disse Platonida Andrêievna, irritada; coçou o cotovelo com a mão, com raiva, e, apoiando-o ao parapeito, sentou-se e começou a observar na cornija do frontão do celeiro alguns pombos cinzentos que se beijavam docemente.

Vazio e tédio ao seu redor; vazio e tédio também no coração de Platonida Andrêievna. "Melhor seria envelhecer logo; melhor seria nunca ter me casado, melhor seria ter sido entregue ao convento...", pensava ela, limpando com a manga de musselina as lágrimas quase infantis que brotavam de seus olhos, enquanto, suspirando, fazia a cabeça recair de uma mão cansada a outra. Assim se passaram uma ou duas horas, e aquele dia difícil consumiu-se silenciosamente diante de seus olhos.

No mais denso crepúsculo, chegou Avenir. Examinou todo o cômodo, pendurou o boné na cravelha, sentou-se numa cadeira de frente para a cunhada e entregou-lhe nas mãos um cacho de uvas.

— De onde você pegou isso, Avenir? — perguntou-lhe Platonida Andrêievna.

— Chegaram as mercearias do armazém dos Liálin, trouxeram isso aqui também; mas disseram que agora, por causa dessa doença, não prestam.

— E por que não prestam? Pois bem, passe-as para cá, vou ver se não prestam.

Platonida pegou o cacho de uvas, deu cabo de todas elas, limpou os lábios escarlates com a manga, jogou a haste vazia no corredor, pela janela, e começou a rir baixinho.

Tanto Avenir quanto Platonida estavam muito tranquilos, mas nenhum deles tinha vontade de conversar.

— Aonde você foi? — perguntou Platonida ao cunhado, sem entusiasmo.

— Ah... andei um pouco por aí — respondeu Avenir.

— Que tédio aqui neste lugar, é um horror.

— Então o que podemos arranjar contra o tédio?

— O que foi que você falou?

— Eu falei: e o que é que podemos fazer contra o tédio?

— Eu acho que agora o melhor a fazer é deitar e dormir — anunciou Platonida Andrêievna.

— E por que você ainda não dormiu?

— Apenas porque quando o papá se levantar, vou ter de servir o chá.

— Pois então a senhora se levanta quando ele acordar,

e olha que ele está muito embriagado. É pouco provável que acorde logo.

— Vou seguir o seu conselho, cochilo por uma horinha, assim mesmo, de vestido. E você, vá com Deus.

O jovem levantou-se e tirou o boné do prego.

— Oh, Deus! Como os meus cotovelos estão coçando. O que será isso?

— Durma em outro lugar, cunhada.

— Que história é essa? E em que outro lugar eu posso dormir? Os meus cotovelos estão coçando é de tristeza — acrescentou ela, enquanto o acompanhava até a porta, fechando-a às suas costas com a tranca.

Sozinha no cômodo trancado, Platonida colocou a vela e a caixinha de ferro com mecha de acender fogo, palitos de enxofre e pedra de fogo junto à arca coberta com um tapete, fez o sinal da cruz, deitou-se sobre a arca e, esgotada pela lida de três dias nos afazeres do funeral, caiu num sono pesado no mesmo instante.

Nada sonhou Platonida Andrêievna, apenas em meio ao sono pesado sentia que tinha de acordar porque era preciso servir o chá ao sogro, e até parecia ouvir o sogro esgoelando e dizendo-lhe: "O que é isso, Platonida Andrêievna? Por que está aí refestelada, como uma beluga cozida? Levante-se já e sirva-me o chá, faça o favor!". E tudo isso ela ouviu duas, três, quatro vezes e, finalmente, na quinta vez, ouviu tão nitidamente que se ergueu de um salto e, sentando-se na cama, gritou:

— Já vou, papá, já vou!

XVI

Platonida Andrêievna esfregou os olhos e deu uma olhada no cômodo: ao redor, uma escuridão espessa, nem o armário negro distinguia-se da parede amarela; por outro lado, na tarimba de tijolos, junto ao fogão, destacava-se um pouco o samovar brilhante, e uma toalha comprida branquejava no varal como se fosse um defunto na mortalha.

Platonida Andrêievna soprou o fogo, depois enfiou a mão dentro da arca, de lá tirou um machado e de um canto pegou uma acha de bétula seca para cortar algumas lascas. Mas, antes de golpear uma vez que fosse a acha com o machado, ela pensou: "Mas será que não foi em sonho que ouvi isso tudo? Talvez o paizinho ainda esteja dormindo". Esse pensamento obrigou a jovem a pegar a vela e entrar na sala. No grande relógio de parede era meia-noite e meia. Devagarinho, Platonida Andrêievna aproximou-se da porta do quarto do sogro e encostou o ouvido ao batente. No dormitório do velho tudo estava sossegado.

— Então foi em sonho que tudo aconteceu — decidiu-se a viúva, bocejou e voltou para o quarto.

Depois de trancar-se de novo no dormitório de viúva, Platonida Andrêievna pôs a vela sobre a mesa à frente da janela e começou a se despir.

"Que eu tenha pelo menos essa felicidade! Que eu tenha pelo menos isso, a chance de ficar em paz, sozinha no meu quarto, sem ele, sem aquele homem difícil", pensou ela, e sem pressa jogou no chão os dois travesseiros agora desnecessários, desamarrou a saia e sentou-se na cama com uma ousadia que jamais tivera ao se aproximar dela ou sentar-se ali. Essa jovem bela, alta, corpulenta, com alma de criança, força de homem e seios que poderiam amamentar um *bogatir*,[15] agora lembrava a mais inocente aposentada, que, recompensada por um ano de constrangimentos, diverte-se com um dia de férias.

---

[15] Personagem folclórico dotado de grande força, bravura e beleza, capaz de realizar diversas façanhas. (N. da T.)

As novas sensações de independência e de liberdade preenchiam de tal modo a alma pueril e os pensamentos de Platonida Andrêievna, que ela já nem queria mais dormir; e, além disso, acordara descansada. Agora queria ficar sentada, pensando, apenas pensando, só Deus sabe em quê. Por muito tempo ficou ali, sem dar nenhum passo, sem pronunciar nenhuma palavra, sem ser recriminada nem ouvir um sermão, mas agora ela estava sozinha, ninguém a via nessa cama, ninguém lhe dizia: "O que você está procurando aqui? Por que não para de remexer, até parece estar com o bicho-carpinteiro?!".

Ela mudou de lugar uma vez, e outra; depois se deitou atravessada na cama e de novo ergueu-se, deu um sorriso para os dois travesseiros jogados no chão, levantou-se de um salto, juntou as mãos atrás da cabeça, fechou os olhos e daí a um minuto, após abri-los, lançou-se, aterrorizada, ao canto da cama e pôs-se a tremer. No travesseiro do falecido Mark, que a viúva estouvada lançara ao chão, justamente no meio dele, havia uma pequena depressão, como se ali estivesse deitada uma cabeça invisível. Pouco acima dessa depressão encovada, no lugar em que, na coroa funerária, fica desenhado o salvador, pousou uma mariposa cinzenta. Pousou, soerguendo-se alto nas perninhas finas, ora levantando, ora abaixando as asinhas, como um monge asceta que encobre com as abas do seu manto um túmulo descerrado.

Platonida estremeceu. Um pulgão cinza e poeirento, num piscar de olhos, tinha aniquilado a sua alegria egoísta; nesse momento, de leve e sem nenhum ruído, a mariposa mais uma vez, e duas, e três, tocou o travesseiro com as asas, sem nenhum ruído levantou voo e ainda sem nenhum ruído desapareceu pela janela na escuridão da noite quente.

A viúva levantou-se rapidamente da cama, cerrou o caixilho às pressas, assim que a borboleta voou para fora, e disse: "Que pecado! Não fiz bem; não devia ter jogado o travesseiro dele no chão!".

Com essas palavras, pegou os travesseiros do chão e colocou-os sobre a tarimba vazia. Nesse minuto, ouviu que, à porta, alguém tinha acabado de dar um suspiro.

Platonida apanhou aqueles mesmos travesseiros ainda com mais pressa e, depois de colocá-los sobre o sofá, sob os ícones dos santos, recuou, afastou-se deles com rapidez e postou-se junto à cama.

Agora reinava o silêncio no cômodo inteiro, no chão, na tarimba fria, além da porta e também na cama.

— Oh, que ele fique em paz, meu Deus — balbuciou a viúva para si, com um sentimento de gratidão afetuosa ao marido por ter morrido e lhe deixado, pelo menos, o direito àquele canto e à cama. Bem, já chega de passar a noite em claro.

E Platonida começou a se despir.

XVII

Mas, mal a viúva tirara o vestido, no silêncio mortal da noite, pareceu-lhe de novo que alguém tinha batido com um cálice no armarinho onde o falecido marido sempre guardava vinhos e licores a chave. Com metade da meia puxada, Platonida Andrêievna ficou esperando e, como não ouviu mais nenhum ruído, pensou: "decerto isso é coisa de ratos".

Com essa frase se acalmou, tirou as meias dos pés e aproximou-se da mesinha de parquete, diante da janela; colocou ali uma vela e, arrastando-se preguiçosamente, começou a trocar a roupa diurna. Porém, mal tinha erguido acima do ombro a gola desatada, de repente, pareceu-lhe que algo indefinido como uma sombra escura surgia na galeria, passando justo em frente à sua janela. Pareceu-lhe ser a sombra de uma pessoa. Platonida Andrêievna era impressionável, mas considerou que andava por ali uma pessoa viva e não alguém vindo do túmulo, e nesse mesmo segundo apagou a vela num sopro, apanhou depressa a camisola, vestiu-a e pensou: "Veja só que canalha tornou-se esse imprestável do Avenir! Depois disso, resta apenas cuspir na sua fuça".

E ela decidiu firmemente não perdoar aquele travesso por esse novo atrevimento. Platonida Andrêievna jogou sobre os ombros nus aquele casaquinho velho com o qual a encontráramos pela manhã, enquanto conversava com Avenir na horta, e escondeu-se em silêncio sob o caixilho da janela. Na galeria agora tudo estava muito quieto, não se ouvia nenhum som, nenhum ruído, mas Platonida não confiava nessa tranquilidade. Escondeu-se e ficou ali, tendo decidido firmemente que, tão logo surgisse uma nova aparição do visitante noturno sob a sua janela, iria escancarar a folha da janela e cuspir no rosto dele.

XVIII

A percepção de Platonida não a enganara: o visitante noturno não se fez por esperar. A beldade seminua não precisou esperar nem dois minutos sob o umbral da janela até que, do lado da galeria, pelo vidro escuro da janela, arrastou-se silenciosamente, no início, um punho de mão humana, depois se mostrou um cotovelo, depois um ombro e, finalmente, avançou uma figura masculina inteira...

Por mais que a noite sem lua estivesse escura e apenas volta e meia cintilassem algumas estrelinhas, o quarto escureceu ainda mais quando a única janela foi completamente encoberta pela figura que se aproximava.

Platonida Andrêievna continuou ali de pé, quieta, protegendo com os braços cruzados o peito alvo, em que o seu coração batia com força e parava involuntariamente, impaciente de pavor e de indignação. No entanto, apesar de toda a sua indignação, a viúva ultrajada conteve-se e, silenciando a respiração, esperou para ver como tudo aquilo acabaria.

Por muito tempo, o espião noturno ficou quieto e apurou o ouvido e, finalmente, animado pelo silêncio mortal, com cuidado, tocou os dedos nas bandas da janela fechada por dentro. Fez isso com grande cuidado, porém desastradamente. Seus dedos resvalaram e riscaram com as unhas a prancha pintada do caixilho. Ligeiramente, Platonida aproximou o ouvido da janela e então escutou como o homem respirava pesado e tremia inteiro. À medida que Platonida Andrêievna, a contragosto, continha-se mais e mais, o lado contrário tornava-se cada vez mais intrépido e já começava a sacudir a janela, sem nenhum receio nem cuidado.

"Além disso, pra piorar, o canalha ainda pode acordar também o meu sogro", pensou Platonida Andrêievna, e, com indescritível indignação, lançou-se à janela... e então ficou petrificada. Não havia nenhum Avenir. Junto à janela estava o seu sogro grisalho, Markel Semiónitch. Platonida reprimiu o próprio ímpeto e, perplexa, abaixou os braços. Ao ver diante de si a viúva, Markel Semiónitch por um instante se desconcertou, mas depois começou a balbuciar algo surdamente e a tamborilar baixinho o nó do dedo médio no vidro.

— O que o senhor deseja, paizinho? — também articulou Platonida Andrêievna por sua vez.

O velho de novo sussurrou algo ainda mais baixinho, mas dentro do cômodo não se ouviu nem uma palavra da sua fala.

— Não escutei — disse Platonida Andrêievna, encostando o ouvido ao batente da janela.

Markel Semiónitch começou a beijar com paixão o vidro, junto ao qual estava o cotovelo de Platonida. A nora olhava o sogro, aterrorizada, e não o reconhecia. A cabeça completamente grisalha do velho, que lembrava a bonita cabeça de Avenir, estava artisticamente alvoroçada, como um Júpiter de cabelos brancos, os olhos dele ardiam e a camisa de algodão ordinário balançava sobre o peito trêmulo.

— Meu cisne! Meu cisne! — sussurrava o velho, aturdido, arranhando a janela do quarto da nora viúva, como um gato lascivo diante de um porta-joias.

— Já vou preparar o chá, paizinho — disse Platonida Andrêievna, perturbada, afastando-se da janela.

— Não, não coloque o samovar... Eu não preciso de samovar... Abra... Deixe-me entrar... Vou lhe dizer uma palavra importante... apenas uma palavra...

— Então espere um pouco, paizinho, eu vou me vestir agora mesmo.

— Não, não, pra que se vestir?... Não precisa se vestir: nada de se vestir; abra... abra logo...

— Mas, paizinho, estou de camisola!

— E o que tem isso, se está só de camisola! Eu não sou nenhum estranho... Abra um minutinho... — insistia o velho, perturbado, agitando-se, mas sem sair do lugar.

Platonida ficou apavorada e afastou-se correndo para um canto. Assim que o seu ombro alvo reluziu na escuridão da noite, diante dos olhos de Markel Semiónitch, o ganchinho de cobre que trancava a janela foi parar no parapeito, por causa do solavanco, a folha abriu-se sonoramente, e o sogro agarrou o corpo da nora com as duas mãos.

— Paizinho! Paizinho! Mas o que é isso? — começou a gritar Platonida Andrêievna, livrando-se dele em desespero; mas o sogro, em lugar de resposta, prendeu cada um dos braços da nora e cravou os lábios ardentes no seu peito desnudo...

— Seu depravado! Pra longe de mim! — gritou Platonida, com repugnância, sentindo no próprio peito a barba seca e trêmula do sogro.

Compreendendo então, finalmente, a verdadeira intenção do visitante, ela lançou as mãos com fúria aos cabelos brancos do velho e puxou a cabeça dele para longe do próprio peito. Nesse mesmo instante, sentiu que as mãos fortes e nodosas do sogro rasgavam a camisola de linho e, quase nua em pelo, viu-se presa nos braços daquele velho inflamado.

— Avenir! — gritou ela, mas o velho apertou-lhe a garganta e começou a beijar-lhe os lábios.

Ele era muito forte, e Platonida suplicava em vão:

— Paizinho, tenha piedade! Eu não posso suportar uma coisa dessas de você!

Markel Semiónitch apenas abraçava ainda com mais força o corpo da nora e, sussurrando "comigo e não com um estranho", passou a perna para dentro do cômodo. Platonida aproveitou-se desse movimento, esgueirou-se sob os braços do sogro até o chão, e em suas mãos reluziu o machado, que uma hora antes ela preparara para estilhar a madeira. Num instante, o machado retiniu e cravou-se no pilar da galeria e, nesse mesmo instante, Markel Semiónitch oscilou pesadamente e caiu, pondo-se a gemer...

XIX

Ao descer o machado sobre o sogro, Platonida Andrêievna teve a certeza de que matara o velho. Muda de pavor, escapou do quarto, atravessou o pátio correndo, parou junto ao portão dos fundos e, respirando com dificuldade, levou a mão ao coração. No silêncio da noite, chegou aos seus ouvidos um ronco entrecortado. Platonida Andrêievna estremeceu: em seus ouvidos ressoaram sons sibilantes e agudos, como se sobre a sua cabeça passasse voando um bando de incontáveis perdizes; o teto e as paredes do prédio balançaram, e de algum lugar pingou sangue; a prisão, um castigo terrível e desumano, trabalhos forçados pelo resto da vida, tudo de uma vez, como um relâmpago, coriscou diante dos olhos imaginativos da viúva, que ainda há pouco sonhava com a vida, e levou-a a agitar-se em desespero. Platonida agasalhou-se com o casaquinho sobre os ombros, arrastou-se em silêncio pelo vão inferior do portão até a horta, da horta atravessou a cerca em direção à cidade e, pondo-se a correr pelos fundos, perdeu-se na escuridão da noite.

Enquanto isso, Markel Semiónitch roncava pesado, deitado na galeria. O golpe de Platonida Andrêievna passara raspando pela cabeça grisalha do sogro; isso apenas porque, pouco antes, as duas mãos fortes de Avenir tinham agarrado o pai pelas costas e jogado o velho no chão, no mesmo instante em que o machado cintilante, após ferir levemente o seu ombro, cravava-se na madeira. Markel Semiónitch não sentia culpa, nem vergonha, nem humilhação. Agora ele não tinha paixão no sangue, nem indignação no coração, nem forças nos músculos. A sua carne velha, depois de se aquecer com vinho e jubilar-se com o prazer dos desejos, logo caiu em completa fraqueza, como um barranco que, antes hirto sob a neve, às vezes se agita diante do sol de março, rumoreja com as rápidas torrentes do degelo, desce rolando e, esgotado, desaba toda a sua massa no fundo frio.

Apesar de não perceber resistência alguma da parte do pai, Avenir manteve-o ainda no chão, depois o soltou e se escondeu. Deixado só, o velho voltou a si; não logo, nem de repente, percebeu o próprio estado de humilhação em que se encontrava agora. Durante a noite toda, nem ele nem Avenir souberam da fuga de Platonida Andrêievna. Ambos pensavam que a nora e cunhada tinha se trancado no torreão. No dia seguinte, o primeiro a perceber a ausência dela foi Avenir. Por muito tempo a procurou, mas não encontrou. O velho Markel Semiónitch trancou-se no quarto e não apareceu.

Platonida Andrêievna sumiu. Não conseguiram encontrar rastros dela em lugar nenhum, e o seu desaparecimento tornou-se motivo de grande infelicidade para aquele que, de todos, menos culpa tinha no caso.

Forçado a explicar de algum modo o desaparecimento da nora e inseguro em relação ao que ela poderia contar caso a encontrassem, Markel Semiónitch finalizou a noite de loucura com a calúnia de que Platonida e Avenir queriam matá-lo e roubá-lo, e mostrou o ferimento. Assim o velho vingou-se de Avenir e da nora, livrando-se de ambos. Avenir foi preso, e, pela investigação policial levantada para o caso do desaparecimento de Platonida Andrêievna, descobriu-se que os aguadeiros noturnos, que naquela noite trabalhavam no reparo de uma lancha, viram alguém, todo de branco, talvez uma mulher, mais provavelmente uma bruxa, correr rapidamente pela margem e, de repente, desaparecer não se sabe onde. Dois dos aguadeiros disseram que a bruxa arremeteu como um peixe e lançou-se na água, mas os outros dois, por sua vez, garantiram ter visto claramente que ela atravessou o rio a nado, de camisola, e foi parar no melancial, na casa de Konstantin Pizónski.

Culparam Pizónski de esconder a jovem de Déiev; deram uma busca em sua casa, interrogaram-no, prenderam-no e, provavelmente, iriam sentenciá-lo ao degredo. Embora Konstantin Iónitch respondesse a todas as perguntas feitas pelos investigadores apenas com um "eu não sou culpada, queridos, não sei de nada", parecia claro como o sol que, no mundo todo, talvez só ele, Pizónski, soubesse onde tinha se metido a jovem desaparecida dos Déiev. Tanto os juízes quanto os moradores da cidade pressentiam ardentemente que, para esclarecer todo esse negócio misterioso, era preciso apenas descerrar os lábios mudos de Konstantin Pizónski. Os juízes afirmavam que o Robinson da Cidade Velha mentia quando negava qualquer participação no desaparecimento de Platonida Andrêievna, e que ele próprio talvez tivesse participação no atentado à vida do velho Déiev. E também o povo não negava que Pizónski mentia quando repetia "eu não sou culpada, não sei de nada", mas tinha a certeza de que ele mentia para esconder o pecado de outro. Se isso era bom ou não, o povo não distinguia com precisão, apenas acreditava que "havia mentira para salvar outros".

XX

Por causa disso Konstantin Pizónski foi preso e depois solto, ainda como suspeito, mas dele nada souberam para esclarecer o caso de Avenir e Platonida. Posteriormente disseram, e acreditavam piamente nisso, que Platonida Andrêievna não tinha fugido para longe, mas estava escondida com os ermitões, e que a "profetisa" *stáritsa*[16] Ioil, surgida depois nessa ermida, era ela própria. "Chorava fogo" e estava cega, andava às apalpadelas, com uma varinha, e nas órbitas de seus olhos tinham sido inseridos "iconezinhos". Sobre Avenir, diziam que ele, tendo sido entregue aos soldados, participara de uma "grande guerra" no "Cáucaso", conquistara patente e condecoração e por sua extraordinária beleza casara-se com a filha do general. Dizem que, certa vez, ele foi à Cidade Velha e visitou os ermitões e viu a *stáritsa* Ioil; vê-lo ela não podia, mas pela voz o reconheceu e sobressaltou-se, esquadrinhou-lhe a cabeça com as mãos e perguntou:

— Essa cabeça está arrependida agora ou ainda não?

Avenir respondeu:

[16] Anciã de vida monástica, reconhecida e respeitada como modelo de espiritualidade e sabedoria e cujos conselhos e orientação são divinamente inspirados. (N. da T.)

— Está arrependida.

— Isso é bom — disse a *stáritsa* Ioil. — Alimente com juízo o seu caminho em direção a um refúgio sereno.

E acrescentou:

— Agora adeus, para todo o sempre.

(1867)

ÁGUIA BRANCA
(Conto fantástico)

> "O cão sonha com pão;
> o pescador, com peixe."[1]
>
> Teócrito, *Idílio*

I

"Há mais coisas no céu e na terra."[2] Entre nós é hábito começar assim contos desse tipo, a fim de se escudar com Shakespeare das setas dos provocadores, para os quais não há nada desconhecido. Eu, entretanto, penso que "há coisas" muito estranhas e incompreensíveis, às vezes chamadas de sobrenaturais e, por isso, escuto esses contos com gosto. E também por isso, uns dois ou três anos atrás, quando, regredindo à infância, começamos a brincar de espiritismo, juntei-me de bom grado a um desses círculos,[3] cujo regulamento exigia que nas reuniões noturnas não se pronunciasse nem uma única palavra sobre governos ou os primórdios do mundo terreno, mas unicamente sobre espíritos incorpóreos: suas aparições e participações no destino das pessoas vivas. Nem

---

[1] Epígrafe do 21º idílio de Teócrito. (N. da E.)

[2] "Há mais coisas no céu e na terra, Horácio, do que sonha a tua filosofia", citação de *Hamlet*, de Shakespeare. Em português, na tradução de Millôr Fernandes (Porto Alegre, L&PM, 2006, p. 36). (N. da T.)

[3] Na década de 1870, em alguns círculos da *intelligentsia* russa, difundiu-se certo entusiasmo pelo "contato com as almas", principalmente em sessões espíritas. Já nos anos de 1880, a crença na "aparição de espíritos", desmascarada pela ciência (Dmitri Mendeliéiev e outros), enfraqueceu visivelmente. (N. da E.)

"conservar e salvar a Rússia"[4] era permitido porque, também nesse caso, "muitos começavam com brindes à saúde e terminavam com um descanse-em-paz".

De acordo com esse mesmo princípio, perseguia-se com rigor todo tipo de invocação de qualquer um dos "grandes nomes" em vão, com a única exceção de Deus, que, como se sabe, é usado com mais frequência para beleza do estilo. É claro que havia transgressões, porém também essas eram feitas com um tantinho de cuidado. Talvez uns dois políticos dos mais afoitos se achegassem à janela ou à lareira e sussurrassem alguma coisa, mas, ainda assim, logo um advertia o outro: *pas si haut*![5] E o anfitrião os policiava de imediato e, gracejando, ameaçava-os com uma multa.

Cada um de nós devia contar algo fantástico *de sua própria vida*, mas, como a habilidade de narrar não é dada a todos, não implicávamos com o aspecto artístico da narrativa. Também não exigíamos provas. Se o narrador dizia que o fato narrado tinha realmente acontecido com ele, acreditávamos ou, pelo menos, fingíamos acreditar. Era essa a etiqueta.

Eu me interessava acima de tudo pelos aspectos da subjetividade. De que "há mais coisas... do que sonha a tua filosofia" não duvido, mas como essas coisas se apresentam a cada um, era isso o que me interessava mais. E, de fato, a subjetividade aqui merece grande atenção. Por mais que o narrador se esforce em ficar na elevada esfera do mundo incorpóreo, nota-se necessariamente o convidado de além-túmulo descer à terra, tingindo-se, como um raio de sol que atravessasse um vidro colorido. E aqui já não se pode distinguir o que é mentira e o que é verdade, mas, de qualquer

---

[4] Expressão comum entre reacionários da década de 1880, que defendiam a preservação da ordem vigente, vista por seus oponentes como um esforço para frear o progresso. (N. da T.)

[5] Em francês, no original: "não tão alto". (N. do A.)

modo, acompanhar tudo isso é interessante, e eu gostaria de contar um desses casos.

II

"O mártir de plantão", ou seja, o narrador subsequente, era Galaktion Ilitch, homem de posição bastante elevada e, além disso, muito original, a quem, por brincadeira, chamavam "grão-senhor malnascido". Nesse apelido, escondia-se um jogo de palavras: ele realmente era um pouco nobre e também extremamente magro, além de ter origem muito insignificante. O pai de Galaktion Ilitch fora servo e trabalhara como copeiro numa casa distinta; mais tarde, tornara-se arrendador e, no final, filantropo e edificador de igrejas, pelo que recebeu uma condecoração nesta vida passageira e, na futura, um lugar no reino dos céus. Educou o filho na universidade, deixando-o passar aperto sozinho, mas a "memória eterna" do pai, cantada junto à sepultura no mosteiro Niévski, conservara-se e pesava sobre o herdeiro. O filho do "homem"[6] alcançara certos títulos e fora aceito na sociedade, mas, ainda assim, a gozação arrastava atrás dele o título de "malnascido".

Sobre a inteligência e as capacidades de Galaktion Ilitch ninguém tinha concepções muito claras. O que ele podia ou não podia fazer, isso também ninguém sabia ao certo. A sua ficha era curta e simples: no início do serviço público, por esforço do pai, tinha ido parar na casa do conde Viktor Nikítitch Pánin,[7] que gostava do velho por alguns méritos que

[6] Ou seja, do servo. (N. da E.)

[7] Conde Viktor Nikítitch Pánin (1801-1874), ministro da Justiça da Rússia de 1841 a 1862. (N. da E.)

Águia Branca

conhecia e, tomando o filho sob suas asas, muito em breve o levou ao ponto a partir do qual se inicia a "caminhada".

Em todo caso, pode-se pensar que ele devia ter alguns méritos, pelos quais Viktor Nikítitch conseguiu promovê-lo. Porém, nas altas rodas, na sociedade, Galaktion Ilitch não era bem-sucedido, e, em geral, não fora mimado com alegrias mundanas. Tinha a mais frágil e precária das saúdes e uma aparência funesta. Era tão alongado quanto o seu finado patrão,[8] Viktor Nikítitch, porém não possuía a grandiosidade exterior do conde. Ao contrário, Galaktion Ilitch incutia terror, misturado a certa repulsa. Era, a um só tempo, típico lacaio do interior e típico morto-vivo. A ossatura longa e magra mal se revestia da pele acinzentada, a testa desmedidamente alta era seca e amarelada, nas suíças fundia-se um verde pálido cadavérico, o nariz era largo e curto, como o de uma caveira; não havia sinal de sobrancelhas, a boca ficava sempre semiaberta, com dentes longos e brilhantes, e os olhos escuros, turvos e sem cor alguma estavam encaixados em crateras profundas, inteiramente escuras.

Era encontrá-lo e assustar-se.

Uma particularidade da aparência de Galaktion Ilitch era que, na juventude, tinha sido muito mais apavorante, mas, à medida que envelhecia, tornava-se melhor, de modo que era possível suportá-lo sem pavor.

Manso de caráter, tinha um coração bondoso, sensível, e até, como veremos agora, sentimental. Gostava de sonhar e, como a maioria dos feiosos de rosto, escondia profundamente os próprios sonhos. Na alma, era mais poeta que funcionário público, e amava com avidez a vida, que nunca aproveitara à larga.

A sua infelicidade ele carregava consigo e sabia que ela

---

[8] O conde Pánin destacava-se pela altura. (N. da E.)

o acompanharia eterna e insistentemente, até o túmulo. Na própria ascensão no serviço, havia para ele um profundo cálice de amargura: suspeitava de que o conde Viktor Nikítitch mantinha-o como relator acima de tudo porque ele produzia nas pessoas a impressão mais deprimente. Galaktion Ilitch notava que, quando tinham de lhe informar o objetivo da visita, as pessoas à espera do conde ficavam com as vistas turvas e os joelhos trêmulos... Com isso, Galaktion Ilitch contribuía muito para que, depois da conversa com ele, o particular com o conde fosse a todos já leve e deleitável.

Com o passar dos anos, de funcionário que relata Galaktion Ilitch passou a funcionário ao qual relatam, e deram-lhe incumbência muito séria e delicada em uma localidade distante, onde aconteceu o fato sobrenatural, do qual dá a seguir o seu próprio relato.

III

— Não muito mais de vinte e cinco anos atrás — principiou o funcionário malnascido — começaram a chegar a Petersburgo boatos sobre muitos abusos de poder do governador P-v. Esses abusos seriam abundantes e cobririam praticamente todas as áreas da administração. Escreviam que o governador espancava e açoitava com as próprias mãos; junto com o representante local, confiscava para as suas fábricas todo o estoque de vodca da região; conseguia empréstimos arbitrários por decreto; exigia que lhe trouxessem toda a correspondência para revisar: encaminhava as adequadas, as inadequadas rasgava e lançava ao fogo, e depois se vingava de quem as tinha escrito; mandava pessoas para o cativeiro. Apesar disso, no entanto, era um artista; mantinha uma orquestra grande e muito boa, amava a música clássica e ele próprio tocava violoncelo com perfeição.

Águia Branca

Por muito tempo, a respeito dos seus desmandos chegavam apenas boatos, mas, depois, surgiu por lá um funcionário de baixo escalão que se arrastou até Petersburgo e, com minúcias e detalhes, descreveu toda a epopeia e entregou-a nas devidas mãos.

A história saiu de tal modo que era o caso de designar já uma inspeção senatorial. Na verdade, assim conviria fazer, mas tanto o governador quanto o representante eram tidos em alta conta pelo falecido soberano, por isso apanhá-los não seria nada fácil. Viktor Nikítitch queria antes certificar-se de tudo com mais precisão, com um homem *seu*, e a escolha recaiu sobre mim.

Ele me convocou e disse:

"O negócio é o seguinte, têm chegado aqui umas notícias lamentáveis e, infelizmente, parecem ter cabimento; porém, antes de levar a questão adiante, quero me certificar de tudo de perto, e decidi empregar o senhor nisso."

Eu me curvei e disse:

"Se estiver ao meu alcance, ficarei muito feliz."

"Estou certo de que está, e conto com o senhor", respondeu o conde. "O senhor possui um talento tal que não vão lhe dizer besteiras, entregarão logo toda a verdade."

— Esse talento — explicou o narrador com um meio sorriso — está na minha triste figura, que semeia o desalento no *front*; mas com o que nos é dado é que temos de nos virar.

"Os papéis estão todos prontos para o senhor", continuou o conde. "E o dinheiro também. Mas o senhor vai resolver questões *só* do nosso departamento... Entenda bem, *só* do nosso!"

"Entendi", disse eu.

"Com abusos relacionados a outros departamentos vai ser como se o senhor não tivesse nada que ver. Mas isso só na aparência, deve parecer que *não* tem, porque, na verdade, o senhor tem de descobrir *tudo*. Irão com o senhor dois funcionários aptos a esse negócio. Chegue lá, ponha mãos à obra e faça de conta que se aprofunda, com a maior atenção possível, nas questões burocráticas e nas formas dos processos, mas examine tudo pessoalmente... Convoque os funcionários locais para explicações e... veja lá, *com máximo rigor*. E não apresse a volta. Eu farei com que saiba quando deve retornar. Qual foi a sua última condecoração?"

Respondi:

"A ordem de Vladímir, do segundo grau, com coroa."

Com a mão enorme, o conde removeu o "passarinho abatido", seu famoso e pesado pesa-papéis de bronze, tirou de debaixo dele a agenda de mesa, e com a mão direita, usando todos os cinco dedos, segurou um lápis grosso e gigantesco, de ébano, e, sem esconder absolutamente nada de mim, escreveu o meu sobrenome e, à sua frente, "Águia Branca".[9]

Desse modo, fiquei sabendo inclusive a condecoração que me aguardava pelo cumprimento da missão de que fora encarregado e, assim, sereníssimo, deixei Petersburgo já no dia seguinte.

Comigo seguiam o criado Iegor e dois funcionários do senado: ambos homens hábeis e da alta-roda.

IV

Chegamos bem ao destino, é claro; entramos na cidade, alugamos um apartamento e acomodamos todos: a mim, os meus dois funcionários e o criado.

A residência era tão confortável que pude recusar inteiramente a outra, confortabilíssima, que me propôs o governador como cortesia.

[9] Uma das mais altas ordens na Rússia tsarista. (N. da E.)

Eu, é óbvio, não queria lhe dever nenhum favor, embora, é claro, tivesse amiúde não apenas trocado visitas com ele, mas também, inclusive, assistido a seus quartetos de Haydn uma ou duas vezes. Eu, porém, não sou grande apreciador nem conhecedor de música e, em geral, como é compreensível, tentava não me aproximar mais do que o necessário, e era-me necessário ver não a galantaria dele, mas sim os feitos obscuros.

Ademais, o governador era um homem inteligente e hábil e não me importunava com sua atenção. Era como se tivesse me deixado em paz no trato com os registros e protocolos que entravam e saíam. Apesar disso, de algum modo eu sentia que ao meu redor fervilhava algo, que as pessoas experimentavam de que lado podiam me pegar e, depois, provavelmente, me embromar.

Para vergonha do gênero humano, devo lembrar que não considero sem participação nisso nem mesmo o belo sexo. Começaram a vir me procurar várias damas, ora com queixas, ora com pedidos e, além disso, sempre ainda com uns planos com os quais eu só podia me surpreender.

Entretanto, lembrei-me do conselho de Viktor Nikítitch, "veja lá, com máximo rigor", e as aparições graciosas retraíram-se do meu horizonte, inadequado a elas. Mas os meus funcionários, nesse aspecto, tiveram êxitos. Eu sabia disso e não os impedia nem de arrastar as asas, nem de se fazer passar por pessoas muito importantes, condição que os outros aceitavam com gosto. Era-me até útil que circulassem aqui e acolá e progredissem nos assuntos do coração. Eu exigia apenas que não acontecesse nenhum escândalo e que me informassem em que pontos da sociabilidade apoiava-se mais fortemente a política da província.

Eles eram rapazes conscienciosos e revelavam-me tudo. Da parte deles, o tempo todo queriam saber a minha fraqueza e de que eu mais gostava.

Porém, de fato, nunca conseguiriam saber nada disso, porque, graças a Deus, não tenho fraquezas particulares, e os meus gostos sempre foram, até onde me lembro, extremamente simples. Toda a vida tive uma mesa simples, bebo apenas um cálice de xerez comum; inclusive entre as guloseimas, das quais desde jovem sou apreciador, prefiro a melancia de Astrakhan, a pera de Kursk ou, por hábito de infância, pão de mel caseiro em lugar de geleias finas e ananás. Nunca invejei a riqueza de ninguém, nem a fama, nem a beleza, nem a sorte, e se invejei algo, então, pode-se dizer que foi talvez apenas a *saúde*. Mas nem mesmo a palavra "inveja" determina bem o meu sentimento. A visão de uma pessoa cheia de saúde não despertava em mim pensamentos lastimosos: por que será que essa pessoa é assim e eu não? Ao contrário, eu a olhava com alegria; que mar de felicidade e bem-estar encontrava-se à disposição dela, e então acontecia, às vezes, de sonhar, de vários modos, com a felicidade, a mim impossível, de gozar de uma saúde que não me fora dada.

A satisfação de que eu era tomado ao ver uma pessoa saudável desenvolveu em mim essa mesma estranheza no meu gosto estético: eu não dava muito valor nem a Taglioni[10] nem a Bosio[11] e, em geral, era indiferente tanto à opera quanto ao balé, por tudo o que há neles de artificial, mas gostava muito de ouvir os ciganos na ilha Krestóvski. O seu fogo e ardor, a força apaixonada de seus movimentos agradavam-me mais do que tudo. Às vezes o tipo nem é bonito, é desconjuntado, mas quando começa é como se o próprio satã o conduzisse, os pés dançam, os braços balançam, a cabeça roda, a cintura

[10] Maria Taglioni (1804-1884), famosa bailarina parisiense. Fez turnês em Petersburgo no final dos anos 1830 e início dos 40. (N. da E.)

[11] Angiolina Bosio (1824-1859), famosa cantora italiana. De 1856 a 1859 integrou um grupo de ópera italiano que se apresentou em Petersburgo. (N. da E.)

Águia Branca

balança, e ele palpita e se agita inteiro. Enquanto isso, em si mesmo, você sente só fraqueza, e fica olhando sem querer, perdido em sonhos. Desse jeito, o que é que se pode provar do banquete da vida?

Pois assim respondi a meu funcionário:

"Se ainda outra vez lhe perguntarem, meu amigo, do que eu mais gosto, diga que é da saúde e que amo acima de tudo as pessoas bem-dispostas, alegres e animadas."

— Parece-lhes, por acaso, que aqui houve alguma imprudência? — interrogou o narrador, detendo-se.

Os ouvintes pensaram um pouco, e algumas vozes responderam:

— É claro que não.

— Ótimo então, porque eu também achava que não havia, mas agora façam o favor de ouvir o resto.

V

Na Câmara, mandaram um funcionário que ficava à minha disposição. Assim, ele anunciava as pessoas que chegavam, anotava uma coisa ou outra e, em caso de necessidade, informava-me endereços de quem eu precisava chamar ou aquilo que era preciso perguntar. O funcionário cedido era de todo como eu: velho, seco e triste. Causava uma impressão ruim, mas eu pouca atenção prestava nele, e chamavam-no, se bem me lembro, Ornatski. Excelente sobrenome, um perfeito herói de romance antigo. Mas certo dia, de repente, disseram: Ornatski caiu doente, e no lugar dele o executor[12] enviou outro funcionário.

[12] Funcionário incumbido de tarefas administrativas e responsável pela ordem na repartição pública. (N. da E.)

— Quem é esse? — perguntei. — Talvez seja melhor esperar até que Ornatski se restabeleça.

— Não — respondeu o executor. — Ornatski tão cedo não vai voltar, ele caiu na bebedeira e vai continuar nela até que a mãe de Ivan Petróvitch consiga curá-lo, mas a respeito do novo funcionário o senhor não deve se preocupar: em lugar de Ornatski indicamos-lhe o próprio Ivan Petróvitch.

Eu fiquei olhando para ele, não tinha entendido muito bem: quem era esse *próprio* Ivan Petróvitch sobre o qual ele me falava e que citava duas vezes em duas sentenças?

— Que história é essa de Ivan Petróvitch?

— Ivan Petróvitch!... é aquele que trabalha na secretaria, um auxiliar. Pensei que o senhor tivesse reparado nele, é o mais bonito, todos reparam.

— Não, eu não tinha reparado. E como ele se chama?

— Ivan Petróvitch.

— E o sobrenome?

— O sobrenome...

O executor atrapalhou-se, levou três dedos à testa, esforçando-se para lembrar, mas, em vez disso, sorriu, submisso, e acrescentou:

— Desculpe-me, vossa excelência, de repente fiquei um tanto imobilizado e não conseguia me lembrar. O sobrenome dele é Aquilalbov,[13] mas todos nós o chamamos simplesmente Ivan Petróvitch, ou às vezes, de brincadeira, Águia Branca, por causa da beleza. É excelente pessoa, a chefia tem consideração por ele, recebe pelo cargo de auxiliar a renda de catorze rublos e quinze copeques, mora com a mãezinha dele, que põe cartas e faz curas. Permita-me que o apresente: Ivan Petróvitch está esperando.

[13] Sobrenome formado da expressão latina *Aquila alba*, águia branca. (N. da E.)

— Se é preciso, então, por favor, peça que venha até aqui esse Ivan Petróvitch.

"Águia Branca!", pensei comigo. "Que coisa estranha. O que cabe a mim é a Ordem da Águia Branca e não um Ivan Petróvitch."

Então o executor entreabriu a porta e gritou:

— Ivan Petróvitch, faça o favor.

Eu não posso lhes descrever o homem sem cair em algum tipo de caricatura e sem fazer comparações que os senhores poderiam considerar exageros, mas posso lhes garantir que, por mais que eu tentasse exagerar na descrição de Ivan Petróvitch, a minha pintura não poderia transmitir nem metade da beleza do original.

Diante de mim estava uma verdadeira "Águia Branca", uma perfeita *Aquila alba*, como a retratam nas grandes cerimônias oficiais de Zeus.[14] Homem alto, grande, mas extremamente proporcional, e com um aspecto tão saudável, como se nunca tivesse adoecido nem ardido em febre e não conhecesse tédio nem cansaço. Ele transpirava saúde, mas não de modo grosseiro, e sim um tanto harmônico e encantador. O rosto de Ivan Petróvitch tinha cor rosada suave, com maçãs amplas e coradas, as bochechas emolduradas por uma clara penugem loira, que, no entanto, já começava a se transformar em pelos crescidos. Ele tinha exatamente 25 anos; cabelos claros, um pouco ondulados, *blonde*, e da mesma cor era a barbicha, com uma mancha delicada, e olhos azuis sob sobrancelhas escuras, cílios escuros. Em resumo, o *bogatir*[15] Tchurilo Aplenkovitch dos contos maravilhosos não poderia ser melhor. Ainda se acrescente a isso um olhar destemido,

[14] Com frequência se representava uma águia, segurando relâmpagos, junto com Zeus, o Deus do Trovão. (N. da E.)

[15] Personagem folclórico dotado de grande força, bravura e beleza, capaz de realizar diversas façanhas. (N. da T.)

muito perspicaz e alegre, aberto, e então terá diante de si um homem verdadeiramente formoso. Vestia um uniforme de funcionário público, que lhe caia perfeitamente, e uma echarpe cor-de-romã escura, com um laço exuberante.

Naquela época, usavam-se echarpes.

Eu contemplava Ivan Petróvitch e, sabendo que causava nas pessoas que me viam pela primeira vez uma impressão nada leve, disse sem cerimônia:

— Bom dia, Ivan Petróvitch!

— Às ordens, vossa excelência — respondeu ele, com uma voz muito afetuosa, que também me pareceu extremamente simpática.

Pronunciando a frase de resposta à moda dos soldados, ele sabia, entretanto, dar ao tom uma nuança de brincadeira simples e inteiramente admissível e, ao mesmo tempo, essa resposta, por si só, determinava para toda a conversa um caráter de simplicidade familiar. Compreendi então por que "todos gostavam" daquele homem.

Sem ver nenhum motivo para impedir que Ivan Petróvitch mantivesse o seu tom, eu lhe disse que estava feliz em conhecê-lo.

— E eu também, de minha parte, considero isso para mim uma honra e um prazer — respondeu ele, só que depois de dar um passo adiante do executor.

Fizemos uma reverência, o executor foi trabalhar, e Ivan Petróvitch ficou ali, na minha sala de espera.

Uma hora depois eu o chamei e perguntei:

— O senhor tem boa caligrafia?

— O caráter da minha letra é firme — respondeu ele e logo acrescentou: — O senhor gostaria que eu escrevesse algo?

— Sim, tenha a bondade.

Sentou-se à minha mesa de trabalho e um minuto depois me entregou uma folha, no meio da qual, numa letra rápida

Águia Branca

e precisa, "de caráter firme", estava escrito: "A vida nos é dada para a alegria — Ivan Petrov Aquilalbov". Eu li e, sem me conter, comecei a rir: nenhuma outra expressão cabia-lhe melhor do que aquela que escrevera. "Vida para a alegria"; toda a vida era uma alegria sem fim para ele!

Um sujeito bem ao meu gosto!...

Eu lhe dei para copiar, ali mesmo em minha mesa, um documento de pouca importância, e ele o fez com muita rapidez e sem um único erro.

Depois nos separamos. Ivan Petróvitch saiu, eu fiquei sozinho em casa e entreguei-me à minha melancolia doentia; e, confesso, só o diabo sabe por quê, algumas vezes conduzia os meus pensamentos a ele, ou seja, a Ivan Petróvitch. Pois ele, por certo, não soltava ais nem caía em melancolia. A vida lhe tinha sido dada para a alegria. E como é que levava a vida assim, tão alegremente, com seus catorze rublos? Vai ver que tinha sorte nas cartas ou então lhe cabiam propinas... Ou quem sabe mulheres de comerciantes... Não é à toa que usava aquela gravata nova, cor de romã...

Fiquei sentado diante da grande quantidade de negócios e protocolos abertos, mas pensava sobre essas bobagens sem valor, com as quais nada tinha a ver, e justo nesse momento o criado informou que o governador havia chegado.

Pedi que entrasse.

VI

O governador disse:

— Na minha casa, depois de amanhã tocará um quinteto, espero que toque bem, e haverá damas, enquanto o senhor, ouvi dizer, caiu em melancolia neste fim de mundo; vim fazer-lhe uma visita e convidá-lo para uma xícara de chá, talvez não seja demais divertir-se um pouco.

— Agradeço-lhe imensamente, mas por que lhe parece que estou melancólico?

— Por uma observação de Ivan Petróvitch.

— Ah, Ivan Petróvitch! Esse que está de serviço aqui? Também o senhor o conhece?

— Como não, como não? Ele é o nosso estudante, artista, corista, só não é um embusteiro.[16]

— Não é embusteiro?

— Não, ele é tão feliz quanto Policrato,[17] não precisa ser embusteiro. É amado por todos na cidade e participante obrigatório de todo tipo de festividade.

— Ele é músico?

— Mestre em todas as artes: cantar, tocar, dançar, pagar prendas divertidas: Ivan Petróvitch faz de tudo. Onde há baile, lá está Ivan Petróvitch: promove-se um *allegri*[18] ou espetáculo com fim beneficente, de novo Ivan Petróvitch. Distribui os prêmios, organiza as coisinhas melhor do que todos os outros; ele próprio desenha os cenários, e, em seguida, logo vai de pintor a ator, está pronto a desempenhar qualquer papel. E como atua: reis, tios, amantes ardentes, é um primor, e representa muito bem as velhas.

— Até velhas!

— Sim, é surpreendente! Eu, para a festa de depois de amanhã, confesso que estou preparando uma surpresinha com a ajuda de Ivan Petróvitch. Quadros vivos. Ivan Petróvitch vai encená-los. Bem, haverá também aqueles montados

---

[16] Referência ao *vaudeville* de Fiódor Alekséievitch Koni (1809-1879) "O estudante é um artista, corista e embusteiro" (1838). (N. da E.)

[17] Tirano da ilha de Samos (ano 6 d.C.). Conta-se que sempre teve muito êxito em todos os seus negócios e receava, no final das contas, ter de pagar pelos constantes sucessos. Foi morto por seus próprios partidários. (N. da E.)

[18] Loteria cujo prêmio é entregue de imediato. (N. da E.)

Águia Branca

para as damas que querem se mostrar, mas em três deles haverá um algo mais, algo para um verdadeiro artista.

— Ivan Petróvitch vai fazer esses?

— Sim, Ivan Petróvitch. Os quadros representarão "Saul e a feiticeira de Endor".[19] O enredo, como se sabe, é bíblico, mas a distribuição das figuras é um pouco exagerada, do tipo que se chama de "acadêmica"; aqui toda a graça está em Ivan Petróvitch. É só para ele que vão olhar, principalmente quando, na abertura do segundo quadro, revela-se a nossa surpresa. Ao senhor posso contar o segredo. Abre-se o quadro, e vemos Saul: um rei, um rei da cabeça aos pés! Vestido como qualquer um. Sem a mínima distinção, porque, pelo enredo, Saul foi ter com a feiticeira em outras vestes, para que ela não o reconhecesse, mas era impossível não o reconhecer. Ele era rei e, além disso, um verdadeiro rei pastor bíblico. Mas as cortinas se fecham, e a figura rapidamente troca de posição: Saul está prostrado diante da evocada sombra de Samuel. É como se Saul, nesse momento, já não estivesse ali, mas, em compensação, o Samuel que se vê de mortalha... É o mais inspirado dos profetas, em cujos ombros repousam a força personificada, a grandeza e a sabedoria. Esse podia "ordenar ao rei que fosse a Betel e a Guilgal".[20]

---

[19] Saul, de acordo com a Bíblia (*1 Samuel*, 28, 3), foi o primeiro rei de Israel, ungido pelo profeta Samuel. Após a morte de Samuel, quando os filisteus atacaram o país, Saul localizou em Endor uma mulher que praticava a adivinhação e, secretamente, à noite, vestido com roupas comuns, foi procurá-la. A pedido dele, a feiticeira evocou a sombra de Samuel, diante da qual Saul prostrou-se e a quem pediu ajuda. Mas Samuel recusou-se porque "Deus se afastou de ti e se tornou teu adversário". (N. da E.)

[20] Depois de ungir Saul como rei, Samuel enviou-o a Betel, onde ele receberia um sinal, e também a Guilgal, onde ele devia esperar sete dias pela chegada de Samuel para realizar sacrifícios de comunhão antes do início da guerra de libertação. (N. da E.)

— E de novo será Ivan Petróvitch?

— Ivan Petróvitch! Mas isso ainda não é o fim. Se pedirem bis, do que eu estou convicto, e eu próprio cuidarei disso, então não vamos torturá-lo com repetições, o senhor verá a continuação da epopeia. Uma nova cena da vida de Saul acontecerá sem Saul em absoluto. A sombra desaparece, o rei e os seus acompanhantes saem; à porta pode-se notar apenas um pedacinho do traje às costas da última figura que se afasta, e então fica no palco apenas a feiticeira...

— E de novo é Ivan Petróvitch!

— Com certeza! Mas, com efeito, o senhor verá à sua frente não algo parecido com o modo como representam as bruxas em *Macbeth*...[21] Nenhum horror petrificante, nem transformações nem afetações, o senhor verá uma personalidade que conhece tudo o que nem sonham os sábios.[22] O senhor verá como é estranho falar com alguém saído do túmulo.

— Imagino — respondi, embora estivesse muito longe de pensar que não passariam três dias e eu seria obrigado não a imaginar, mas a viver essa experiência na própria pele.

Isso, porém, aconteceu depois; naquele momento tudo estava repleto somente de Ivan Petróvitch, aquele sujeito alegre e animado, que, de repente, como um cogumelozinho após uma chuva benfazeja, sem ter crescido completamente, já se mostra altivo, espiando o mundo e sorrindo: "Vejam só que cogumelo bom e fortinho eu sou".

---

[21] Na cena 1 do quarto ato da peça *Macbeth*, de William Shakespeare, as bruxas invocam espíritos a pedido de Macbeth. (N. da E.)

[22] Citação de *Hamlet*, de William Shakespeare. (N. da E.)

VII

Eu havia comunicado aos senhores o que o executor e o governador falaram dele, e quando mostrei curiosidade em saber se algum daqueles meus funcionários que trabalhavam com o público tinha ouvido falar dele, então os dois, de uma só vez, começaram a contar que o haviam encontrado e que ele realmente era muito amável e cantava muito bem ao violão e ao piano. Também estes tinham gostado dele.

No outro dia, veio o arcipreste. Desde a primeira visita que eu lhe fizera, ele passara a me levar a hóstia nos dias santos e queixava-se eclesiasticamente de todos. Não dizia nada de bom de ninguém, sem fazer exceção nem mesmo a Ivan Petróvitch, mas, em compensação, o santo caluniador conhecia não apenas a natureza de todas as coisas, como também a sua origem. Sobre Ivan Petróvitch, começou assim:

— Trocaram o seu funcionário. Tudo de caso pensado...

— É, deram-me um tal Ivan Petróvitch.

— É de nosso conhecimento, como não? É de nosso conhecimento. O meu cunhado, para o lugar de quem vim transferido, com a obrigação de educar os órfãos, ele é que batizou Ivan Petróvitch... O pai também era da nobreza dos sinos...[23] Saiu aos feitores... e a mãe... Kira Ippolítovna... Era esse o nomezinho dela, apaixonada pelo pai de Ivan Petróvitch, fugiu com ele... Porém, logo provou o amargo do elixir do amor, e depois ficou viúva.

— Ela educou o filho sozinha?

— Que educação, que nada: no ginásio, ele fez até a quinta série e então foi morar com os escrivães na Câmara... Com o tempo, fizeram-no auxiliar... Ele tem muita sorte: no ano passado, ganhou um cavalo com sela na loteria e atual-

---

[23] Do clero. (N. da E.)

mente sai pra caçar coelhos junto com o governador... E ainda um piano: o regimento partiu,[24] resolveram rifá-lo, também lhe coube. Eu fiquei com cinco bilhetes e não ganhei; ele comprou um só, e com esse um ganhou. Até musica ele ensina a Tatiana.

— Quem é essa Tatiana?

— Uma órfã que pegaram, bem bonitinha... amorenada. Ele dá aulas a ela.

A tarde toda conversamos sobre Ivan Petróvitch; à noite ouvi no quarto do meu Iegor alguém zumbindo. Chamei e perguntei: que barulho é esse aí no quarto?

— Estou fazendo trabalhos de serraria — respondeu ele.

Ivan Petróvitch concluíra que Iegor estava entediado por falta do que fazer; levou para ele um serrote e tabuinhas de caixas de cigarro com desenhos e ensinou-o a serrar pequenos suportes.

— Fizeram uma encomenda para a loteria.

VIII

Na manhã daquele dia em que Ivan Petróvitch devia tocar à noite e maravilhar a todos com os seus quadros na festança do governador, eu não quis atrasá-lo, mas ele ficou comigo até a hora do almoço e inclusive me divertiu muito. Eu brinquei que ele devia se casar, respondeu-me que preferia ficar "pra titio". Convidei-o para trabalhar em Petersburgo.

— Não, vossa excelência, aqui todos gostam de mim, aqui estão a minha mãe e a orfãzinha Tânia, eu amo as duas, e elas não servem para Petersburgo.

---

[24] Ou seja, os oficiais deixaram a cidade por causa da transferência do regimento. (N. da E.)

Surpreendente, que jovem harmonioso! Eu até o abracei por esse amor pela mãe e pela órfã, e nos separamos três horas antes dos quadros. Na despedida, eu disse:

— Estou ansioso para vê-lo em várias formas.

— Vamos aborrecê-lo — respondeu Ivan Petróvitch.

Ele saiu, eu almocei sozinho e fui para o sofá tirar uma soneca, para ficar mais disposto; Ivan Petróvitch, porém, não me deixou pegar no sono: logo e um tanto estranhamente começou a me perturbar. De repente, entrou no cômodo num passo muito apressado, ruidoso, empurrando com o pé as cadeiras, e disse:

— Eis-me aqui, pode me olhar à vontade; mas vou dizendo que lhe sou imensamente grato, o senhor me pôs mau-olhado. Eu me vingarei por isso.

Despertei, chamei o criado, ordenei preparar minhas roupas e fiquei impressionado comigo mesmo: como Ivan Petróvitch parecia real em meu sonho! Cheguei à casa do governador; tudo iluminado, e já havia muitos convidados, mas o governador, vindo ao meu encontro, sussurrou:

— Danou-se a melhor parte do programa: não vamos poder fazer os quadros.

— O que aconteceu?

— *Psiu*... Não quero falar alto para não estragar a impressão geral. Ivan Petróvitch morreu.

— Como!... Ivan Petróvitch! Morreu?!

— Sim, sim, sim; morreu.

— Perdão, mas umas três horas atrás ele estava em minha casa, vivinho e saudável.

— Pois é, chegou de lá, deitou-se no sofá e morreu... E sabe de uma coisa? Eu devo lhe dizer, é que a mãe dele... bem, ela está tão transtornada, que pode ir procurar o senhor... Coitada, está convencida de que é o senhor o culpado pela morte do filho.

— Como? Envenenaram-no em minha casa ou o quê?

— Isso ela não disse.

— E o que foi que ela disse?

— Que o senhor pôs mau-olhado em Ivan Petróvitch!

— Perdão... mas que bobagem!

— Sim, sim, sim — respondeu o governador —, certamente tudo isso é besteira, mas, veja bem, estamos na província, aqui é mais fácil acreditarem em besteiras que em coisas bem pensadas. Decerto não vale a pena dar atenção a isso.

Nesse momento, a esposa do governador ofereceu-me uma carta.

Sentei-me, mas o que tive de suportar durante esse jogo torturante nem consigo contar aos senhores. Em primeiro lugar, torturava-me a consciência de que aquele jovem gentil, que os meus olhos tanto admiraram, jazia agora sobre uma mesa, e, em segundo lugar, parecia-me sem cessar que todos sussurravam algo a respeito dele e apontavam para mim: "pôs mau-olhado", eu chegava a ouvir essa expressão estúpida "mau-olhado, mau-olhado", e em terceiro lugar, permitam-me dizer-lhes a verdade: eu via o próprio Ivan Petróvitch em toda parte! Não sei se era meu olhar que já tinha se acostumado: era só pôr os olhos em algum canto: lá estava Ivan Petróvitch... Ora ele andava, passeava pela sala vazia, para a qual dava uma porta aberta; ora dois outros conversavam por ali, e ao lado estava ele, ouvindo. Depois, de repente, aparecia bem perto de mim e olhava as cartas... Então, é claro, eu baixava tudo que aparecia, e o meu *vis-à-vis* ficava contrariado. No final, até os outros começaram a reparar nisso, e o governador sussurrou em meu ouvido:

— É Ivan Petróvitch que está estragando o seu jogo: veio se vingar.

— Pois é, estou realmente abalado, não me sinto nada bem. Peço permissão para distribuir o meu jogo e gostaria que me dispensassem.

Águia Branca

Fizeram-me esse obséquio, e no mesmo instante fui para casa. Porém, ia eu no trenó, e Ivan Petróvitch comigo: ora se sentava ao meu lado, ora surgia na boleia, perto do cocheiro, mas sempre olhando para mim.

Pensei: será que estou começando a delirar?

Cheguei em casa, pior ainda. Mal tinha me deitado na cama e apagado a luz, Ivan Petróvitch apareceu sentado na beirada da cama e até falou:

— Pois não é que o senhor pôs mesmo mau-olhado em mim? Por isso morri, mas eu não tinha precisão nenhuma de morrer assim tão cedo. Aí é que está!... Todos gostavam tanto de mim, além disso, eu tinha minha mãezinha e Taniúcha, ela ainda nem terminou os estudos. Que terrível desgraça isso tudo não é para elas!

Chamei o criado e, apesar de ser isso um tanto incômodo, ordenei-lhe que se deitasse no tapete do meu quarto, mas Ivan Petróvitch não se amedrontou; não importava para onde eu me virasse, aparecia à minha frente, e pronto.

Com esforço esperei até o amanhecer e o que fiz primeiro foi mandar um dos meus funcionários visitar a mãe do falecido para levar-lhe e entregar-lhe, do modo mais delicado possível, trinta rublos para o enterro.

Ele voltou, trazendo o dinheiro de volta, e disse: não aceitaram.

— E o que foi que disseram? — perguntei.

— Disseram que "não precisa, pessoas boas vão enterrá-lo".

Quer dizer: eu estava no grupo das más.

Enquanto isso, aquele Ivan Petróvitch... era só eu me lembrar dele e pronto, ele aparecia.

No crepúsculo eu já não conseguia ficar sossegado: peguei uma carruagem e fui em pessoa dar uma olhada em Ivan Petróvitch, fazer-lhe uma reverência. Era esse o costume, e pensei que não incomodaria ninguém. No bolso levei tudo o que podia, setecentos rublos, para pedir que aceitassem, pelo menos para Tânia.

IX

Vi Ivan Petróvitch: o Águia Branca jazia como se ferido a tiro. E Tânia andava ali por perto. Era realmente moreninha, de uns quinze anos, em traje de luto de algodão, e o tempo todo ajeitava o falecido. Arrumava e beijava a cabeça dele.

Que tortura ver aquilo!

Pedi a ela: será que eu não podia conversar com a mãe de Ivan Petróvitch?

A moça respondeu: "está bem" e foi para o outro cômodo; um minuto depois abriu a porta e convidou-me a entrar, mas, assim que entrei no cômodo onde estava sentada a velhinha, ela de imediato se levantou e pediu desculpas:

— Não, desculpe-me, achava que podia, mas foi em vão, não consigo olhar para o senhor — e com isso saiu.

Eu não fiquei ofendido nem constrangido, mas simplesmente arrasado, e dirigi-me a Tânia:

— Bem, será que você, uma moça jovem, quem sabe, não podia ser mais bondosa comigo? Pois eu, pode acreditar, não desejei e não tinha motivos para desejar infelicidade alguma a Ivan Petróvitch, muito menos a morte.

— Acredito — soltou ela. — Ninguém podia lhe desejar nada de ruim, todos gostavam dele.

— Acredite que, nos dois ou três dias em que o vi, já tomei amor por ele.

— É... deve ser — disse ela. — Oh, esses terríveis "dois, três dias", por que existiram? A tia, que está sofrendo, tratou o senhor assim; mas eu tenho pena.

Águia Branca

E ela estendeu-me as duas mãozinhas. Eu as tomei e disse:

— Agradeço-lhe, minha menina, por esses sentimentos; eles fazem jus ao seu coração e bom senso. Pois, de fato, não se pode acreditar nesse disparate de que eu pus mau-olhado nele!

— Sei — respondeu ela.

— Então tenha comigo um gesto de ternura... faça-me um obséquio em nome dele!

— Que obséquio?

— Pegue, pois, este envelope... aqui está um pouco de dinheiro... para as necessidades da casa... para a tia.

— Ela não vai aceitar.

— Então para você... para a sua educação, com a qual se preocupava Ivan Petróvitch. Eu tenho a profunda certeza de que ele aprovaria isso.

— Não, agradeço, mas não posso. Ele nunca recebia nada de ninguém de graça. Ele era muito, muito distinto.

— Mas com isso você me entristece... significa que está chateada comigo.

— Não, não estou. E lhe darei uma prova.

Ela abriu o manual francês de Ollendorf, que estava sobre a mesa, pegou às pressas uma fotografia de Ivan Petróvitch entre as páginas e, entregando-a a mim, disse:

— Aqui está, foi ele mesmo quem colocou. Foi até aqui que nós estudamos ontem. Aceite-a de mim como lembrança.

Assim terminou o encontro. No dia seguinte, enterraram Ivan Petróvitch, e depois eu ainda fiquei uns oito dias na cidade, e sempre naquele mesmo martírio.

À noite, nada de sono, prestava atenção a cada ruído; abria os postigos das janelas, quem sabe da rua não chegava alguma voz humana fresca. Pouco adiantava: duas pessoas passavam, conversando, eu apurava o ouvido e o assunto era Ivan Petróvitch e eu.

Alguém voltava para casa, cantando, em meio ao silêncio da noite, eu ouvia a neve estalejar sob os seus pés e distinguia as palavras: "Ah, como eu era audaz", ficava esperando o cantor passar pela minha janela e quando via: era o próprio Ivan Petróvitch. E, ainda por cima, até o arcipreste foi à minha casa e cochichou:

— Mau-olhado e olho gordo existem sim, mas só pegam em pintinhos; Ivan Petróvitch foi é envenenado...

Que martírio!

— Quem poderia envenená-lo e para quê?

— Ficaram com medo que ele contasse tudo ao senhor... Tinham de destripar sem falta. É uma pena, não destriparam. Teriam achado o veneno.

Senhor! Livre-me pelo menos desse clima de desconfiança!

Afinal, de repente, recebo uma carta confidencial, de todo inesperada, da parte do diretor da repartição: o conde ordenava que eu me limitasse ao que tinha conseguido fazer e, sem nenhuma demora, voltasse a Petersburgo.

Fiquei muito feliz com isso, em dois dias arrumei tudo e parti.

Pelo caminho, Ivan Petróvitch não se afastava, aparecia de vez em quando, mas agora, por causa da mudança de local ou porque o ser humano se acostuma a tudo, eu já criara coragem e até me acostumara com ele. Ele vagava diante dos meus olhos, e eu ficava bem; às vezes, no meio do sono, até parecia que brincávamos um com o outro. Ele ameaçava:

— Como o assustei!

E eu respondia:

— Mas você nem aprendeu o francês!

E ele respondia:

— E pra que aprender? Eu agora sapeco bem como autodidata.

Águia Branca

X

Em Petersburgo, senti algo estranho; não é que estivessem insatisfeitos comigo, mas pior, sentiam certa pena, olhavam-me de modo meio esquisito.

O próprio Víktor Nikítitch me viu por apenas um minuto e não falou nem uma palavra, mas ao diretor, casado com uma parenta minha, disse que eu parecia não estar bem...

Não houve explicações. Passada uma semana chegou o Natal, depois o Ano-Novo. Obviamente aquela azáfama festiva: a espera pelas medalhas. Isso não me preocupava muito, ainda mais porque eu sabia qual era a minha, a Águia Branca. A minha parenta, aquela casada com o diretor, enviara-me ainda na véspera a ordem com a fita de presente, e eu deixara no gabinete a ordem e o envelope com cem rublos para os contínuos que trariam a publicação.

Mas à noite, de repente, Ivan Petróvitch tocou-me no flanco e mostrou a língua bem na minha cara. Em vida, era muito mais delicado, e isso não correspondia nem um pouco à sua natureza harmônica, mas agora, como um moleque arteiro, estirou a língua e disse:

— Para você por enquanto isso é suficiente. Agora preciso procurar a pobre Tânia — e sumiu.

Levantei-me de manhã. Nada de contínuos com a publicação. Fui correndo procurar meu cunhado, queria saber: o que significava aquilo?

— Não faço ideia — disse ele. — Estava lá e, de repente, na gráfica, ficou de fora. O conde riscou e disse que vai anunciar isso pessoalmente... Sabe, tem alguma história atrapalhando... Um tal funcionário que, depois de sair da sua casa, morreu de modo suspeito... O que aconteceu, afinal?

— Deixe pra lá — disse eu —, faça a gentileza.

— Não, na verdade... o conde várias vezes perguntou como você está de saúde... De lá escreveram várias pessoas, inclusive um confessor, o arcipreste... Como pôde deixar meterem você num negócio estranho desses?

Eu escutava, e, tal como Ivan Petróvitch começara a fazer do túmulo, sentia vontade de mostrar-lhe a língua.

Enquanto isso, Ivan Petróvitch, depois de me premiar com uma língua para fora em vez da Águia Branca, sumiu e não apareceu por três anos exatos, quando me fez a derradeira e, além disso, a mais palpável visita.

XI

Mais uma vez era Natal e Ano-Novo e, do mesmo modo, esperavam-se medalhas. Há muito tinham me deixado de lado e eu não me preocupava com isso. Não vão dar, também não precisa. Comemoramos a passagem do ano na casa da minha irmã, muita alegria, muitos convidados. As pessoas saudáveis jantavam, enquanto eu, antes do jantar, procurando um jeito de escapulir, ia me aproximando da porta, quando, de repente, ouvi em meio à conversa geral estas palavras:

— Agora as minhas andanças terminaram: mamãe está comigo. Tânia arranjou-se com um homem bom; farei ainda uma última coisa e *je man ve*.[25]

E depois, de repente, cantou com voz arrastada:

Adeus, minha pátria.
Adeus, minha terra.

"Ah-ha", pensei. "Apareceu de novo, e ainda por cima começou a francesiar... Bem, é melhor eu esperar alguém,

---

[25] O correto seria *"je m'en vais"*: "vou partir", em francês. (N. da T.)

sozinho é que não vou descer a escada." Mas se atreveu a passar na minha frente, usando aquele mesmo uniforme, com a gravata pomposa, cor de romã, e assim que ele acabou de passar, de repente, a porta da frente bateu de tal modo que a casa toda tremeu.

O anfitrião e as outras pessoas correram para ver se alguém tinha pegado os casacos dos convidados, mas tudo estava no lugar, e a porta, fechada a chave... Calei-me, para que não dissessem de novo "alucinado" e não começassem a perguntar sobre a minha saúde. Bateu e fim, como se fosse pouco ter batido...

Fiquei sentado, ouvindo, para não ter de ir embora sozinho, e voltei para casa sem problemas. O meu criado já não era aquele que viajara comigo e a quem Ivan Petróvitch dera lições de marcenaria, mas outro; ele veio me encontrar um pouco sonolento e acendeu o lampião. Passamos em frente à escrivaninha, e eu vi ali um papel branco dobrado... Olhei, era minha ordem, a Águia Branca, com que, há tempos, lembram-se, a minha irmã me presenteara... Ela tinha ficado lacrada. Como fora parar ali?! É claro que vão dizer: "provavelmente você mesmo, distraído, tirou de lá". De modo que não vou brigar por causa disso, mas vejam o que aconteceu: na minha mesinha de cabeceira, havia um pequeno envelope em meu nome, com uma letra meio conhecida... Aquela mesma letra com que tinha sido escrito "a vida nos é dada para a alegria".

— Quem trouxe? — perguntei.

O criado mostrou-me logo Ivan Petróvitch na fotografia de Tânia que guardo como lembrança, e disse:

— Foi este senhor.

— Com certeza está enganado.

— De jeito nenhum — disse ele. — Eu o reconheci à primeira vista.

No envelope, em papel do correio, havia um exemplar

do edital: haviam me dado a Águia Branca. E, assim, dormi o resto da noite toda, embora ouvisse, em algum lugar, uma cantoria com as palavras mais estúpidas: "*Do svidans, do svidans, je ale o contradans*".[26]

Pela experiência que me fora dada por Ivan Petróvitch sobre a vida dos espíritos, compreendi que isso era ele "sapecando o francês como autodidata", voando para o além, e que nunca mais me incomodaria. Acabou assim: vingou-se de mim e me perdoou. É compreensível. Mas por que é que lá, no mundo dos espíritos, tudo é assim tão confuso e misturado que uma vida humana, a coisa mais valiosa de tudo, vinga-se com sustos vazios a respeito de uma ordem e o voo para as esferas superiores acompanha-se da mais estúpida das canções: "*Do svidans, je ale a contradans*"; isso eu não entendo.

(1880)

[26] Isto é, "Adeus, adeus, eu vou para a contradança", mistura macarrônica de palavras russas e francesas. (N. da T.)

A VOZ DA NATUREZA

I

O general Rostislav Andrêievitch Faddiéiev,[1] famoso escritor militar que, por muito tempo, acompanhou o falecido marechal de campo Bariátinski,[2] contou-me este caso engraçado.

Certa vez, em viagem do Cáucaso a Petersburgo, o príncipe sentiu-se mal no caminho e chamou um médico. Parece que isso aconteceu, se não me engano, em Temir-Khan-Chur.[3] O médico examinou o doente e concluiu não haver nada de grave na sua condição, estava apenas fatigado e precisava descansar por um dia sem o balanço e os solavancos da carruagem.

O marechal de campo obedeceu ao médico e concordou em parar na cidade; mas ali a casa do chefe da estação era de todo imprestável e, por causa do imprevisto da situação, não havia habitação particular preparada. Sobreveio então uma

---

[1] Rostislav Andrêievitch Fadiéiev (1824-1883), general, publicista militar reacionário, integrou o governo do Cáucaso de 1859 a 1864. (N. da E.)

[2] Príncipe Aleksandr Ivánovitch Bariátinski (1814-1879), marechal de campo, comandou o corpo do Cáucaso e foi governador-geral dessa região. (N. da E.)

[3] Atual cidade de Buinaksk, no Daguestão. (N. da E.)

azáfama inesperada: onde acomodar por um dia hóspede tão importante.

Foi uma correria, uma confusão danada; no primeiro momento, o marechal de campo adoentado instalou-se na estação da posta e deitou-se em um sofá sujo, apenas coberto com um lençol limpo para ele. Evidentemente, enquanto isso, a notícia do acontecido logo correu a cidade inteira, e todos os militares apressaram-se a limpar-se e engalanar-se, enquanto os civis passavam graxa preta nas botas e pomada nas suíças e apinhavam-se em frente à estação, na calçada oposta. Ficavam ali postados, espiando o marechal de campo: será que não apareceria à janela?

De repente, sem quê nem pra quê, um homem rompeu de trás da multidão, aos empurrões, e correu direto para a estação, onde o marechal de campo continuava deitado sobre o lençol que cobria o sofá sujo, e pôs-se a gritar:

— Não aguento mais, eleva-se em mim a voz da natureza!

Todos olharam para ele, perplexos — mas que grosseirão! Os moradores locais, todos eles, conheciam esse homem e sabiam que o seu título não era alto, já que não era funcionário civil nem militar, mas só encarregado do pequeno depósito local da intendência ou do comissariado e, junto com as ratazanas, roía torradas do erário e lambia botas, tendo conseguido, com a roedeira e a lambição, uma casa bonitinha, de madeira e com mezanino, bem em frente à estação.

II

Esse encarregado chegou correndo à estação e pediu a Faddiéiev que o anunciasse sem falta ao marechal de campo. Faddiéiev e todos os outros puseram-se a dissuadi-lo.

— Para que isso? Não há a menor necessidade, e não haverá recepção de funcionários; o marechal de campo está aqui apenas para um descanso temporário, por causa de um esgotamento, e, assim que descansar, partirá novamente.

Mas o encarregado da intendência fincou pé e inflamou--se ainda mais, pedia que o anunciassem ao príncipe sem falta.

— Porque eu — disse ele — não ando atrás de glória nem de honras, e exatamente nestes trajes me apresento, como vocês disseram: não em serviço, mas por zelo da minha gratidão a ele, pois tudo neste mundo devo ao príncipe, e agora, em toda a minha prosperidade, impelido pela voz da natureza, desejo pagar-lhe a minha dívida por gratidão.

Perguntaram-lhe:

— E em que consiste essa dívida da natureza?

E ele respondeu:

— É tal essa minha dívida da natureza agradecida que não fica bem o príncipe descansar aqui, na desordem pública, pois eu, justamente, tenho uma casa *vis-à-vis*, casa própria com mezanino; além disso, a minha esposa é das alemãs, a nossa casa conserva-se bem limpa e asseada, e temos no mezanino, para o príncipe e para vocês, quartos iluminados, limpos, cortinas brancas com renda em todas as janelas e camas limpas, com uma roupa de linho delicada. Desejo receber o príncipe em minha casa com toda a hospitalidade, como se ele fosse meu pai de sangue, porque lhe devo tudo na vida, e não sairei daqui enquanto não me anunciarem.

Tanto ele fincou pé nisso sem querer ir-se embora, que, do outro cômodo, o marechal de campo ouviu a conversa e perguntou:

— Que barulho é esse? Não poderiam relatar-me sobre o que é a conversa?

Faddiéiev, então, relatou-lhe tudo, mas o príncipe deu de ombros e disse:

A voz da natureza

91

— Decididamente não me lembro que homem é esse nem o que me deve; mas, a propósito, examine os aposentos que ele oferece, e, se forem melhores do que esta casinhola, então vou aceitar o convite e pagarei pelo incômodo. Informe-se a respeito de quanto ele quer.

Faddiéiev foi, examinou o mezanino do intendente e relatou:

— A habitação é muito sossegada, e a limpeza, extraordinária, mas de pagamento o proprietário não quer nem ouvir falar.

— Como assim? Mas por quê? — perguntou o marechal de campo.

— Diz que deve muito ao senhor, e a voz da natureza o impele à felicidade de expressar-lhe uma dívida de gratidão. Do contrário, disse ele, "se quiser pagar, então não poderei abrir-lhe as portas".

O príncipe Bariátinski pôs-se a rir e elogiou o funcionário.

— Veja só. Percebo que é um bravo e tem caráter, isso tem sido raro do nosso lado, e eu gosto de pessoas assim; lembrar o que ele me deve não estou conseguindo, mas me mudarei para a sua casa. Dê-me a mão, e saiamos daqui.

III

Atravessaram a rua... e já no pátio, junto ao portão, o marechal de campo foi recebido pelo próprio encarregado, empomadado, engomado, abotoado até o último botão e com o rosto radiante de alegria.

Assim que passou os olhos ao redor, o príncipe viu tudo limpo e brilhante; além da paliçada, um verde viçoso e roseiras em flor. Alegrou-se.

E perguntou:

— Como se chama o anfitrião?

O próprio respondeu algo como Filipp Filíppov Filíppov.

O príncipe continuou a conversa e disse:

— É muito bom aqui na sua casa, Filipp Filíppitch,[4] agrada-me, só não consigo lembrar uma coisa: onde e quando o encontrei ou vi e que favor pude lhe prestar?

O encarregado respondeu:

— Meu príncipe, via-me muito, mas quando, se já esqueceu, então depois será esclarecido.

— Por que depois, se quero me lembrar de você agora?

Mas o encarregado não explicou.

— Peço desculpas ao senhor meu príncipe — disse ele. — Se o senhor não se lembra, então não ouso dizer, mas a voz da natureza o dirá.

— Que disparate! Que "voz da natureza" é essa, e por que você próprio não pode dizer?

O encarregado respondeu:

— Pois é, não ouso — e baixou os olhos.

Nesse momento, chegaram ao mezanino, e ali eram ainda melhores a limpeza e a ordem: o chão tinha sido lavado com sabão e esfregado com cavalinha, de tal modo que reluzia; no meio e ao longo de toda a escada limpinha estendiam-se passadeiras brancas; na sala de visitas, havia um sofá, e, sobre a mesinha redonda à frente dele, um grande jarro de água, e nele um ramalhete de rosas e violetas; mais adiante, o quarto, com um tapete turco sobre a cama e outra mesinha, uma botelha com água fresca e um copo e outro ramalhete de flores, e ainda, sobre uma mesinha à parte, pena, tinta, papel, envelopes e lacre com selo.

---

[4] Forma modificada do patronímico Filíppovitch, filho de Filipp. (N. da T.)

A voz da natureza

O marechal de campo abarcou tudo com um olhar rápido e gostou muito.

— Vê-se que você, Filipp Filíppitch — disse ele —, é um homem polido, sabe como tudo deve ser, e parece realmente que já o vi em algum lugar, mas não consigo me lembrar.

O encarregado apenas sorriu e disse:

— Não se preocupe, meu príncipe, tudo será esclarecido pela voz da natureza.

Bariátinski desatou a rir.

— Você, meu irmãozinho, depois disso não será mais Filipp Filíppovitch, mas "voz da natureza".

E ficou muito interessado no sujeito.

IV

O príncipe deitou-se na cama limpa, esticou pernas e braços e sentiu-se tão bem, que logo cochilou: acordou daí a uma hora com ótima disposição. E diante dele já havia *serbet*[5] de cerejas frescas, e o próprio anfitrião pedia-lhe que tomasse um pouquinho.

— O senhor, meu príncipe, em remédios de médico não confie — disse ele. — Aqui a natureza e a aspiração dos ares é que curam.

O príncipe respondeu-lhe alegremente que tudo aquilo era muito bom, mas devia confessar-lhe: "dormi muito bem em sua casa, mas, diabos me carreguem, ainda durante o sono pensava 'onde o vi, ou será que nunca o vi?'".

O outro respondeu:

---

[5] Palavra de origem turca: bebida refrescante de suco de frutas. (N. da T.)

— Viu, sim, o senhor me viu muito bem, mas apenas numa forma da natureza completamente diferente e, por isso, agora não está me reconhecendo.

O príncipe disse:

— Pois bem, que seja; mas aqui, agora, além de mim e de você não há ninguém, e se houver alguém no aposento ao lado, então pode mandar todos embora, que fiquem na escada, mas diga-me francamente, sem fazer segredo: quem foi e qual o seu segredo criminoso? Posso prometer pedir a sua absolvição e cumprirei a minha promessa, pois está aqui o verdadeiro príncipe Bariátinski.

O funcionário até sorriu, mas respondeu que sobre ele não pesava e nunca pesara nenhum segredo criminoso. Ele apenas não ousava "desconcertar" o príncipe pela desmemória.

— É isso — disse ele. — Eu recordo constantemente a bondade do meu príncipe e incluo o senhor em todas as minhas orações; e o nosso soberano e toda a família do tsar, quando veem alguém e reparam nele uma única vez, lembram-se dele pela vida toda. Por isso, permita que não lhe diga nada a meu respeito por palavras, mas, no tempo certo, revelarei tudo isso em sinais claros, pela voz da natureza, e então o senhor meu príncipe lembrará.

— E que meio você tem para revelar tudo pela voz da natureza?

— Na voz da natureza — respondeu ele — estão todos os meios.

O príncipe sorriu para o excêntrico e disse:

— O que disse é verdade, esquecer é vergonhoso, e o nosso soberano e a família do tsar possuem realmente uma memória excepcional, mas a minha memória é fraca. Não irei contra a sua vontade, pode fazer como sabe, só que eu quero saber quando é que você vai revelar a mim essa sua voz da natureza, pois me sinto muito bem na sua casa agora,

A voz da natureza

e depois da meia-noite, na hora da aragem, quero partir. E você deve me dizer que recompensa dar pelo descanso que tive em sua casa, pois esse é o meu costume nesses casos.

O encarregado respondeu:

— Até meia-noite, conseguirei revelar por completo ao meu príncipe toda a voz da natureza, se, ao pensar na minha recompensa, o senhor não me negar o que considero mais valioso.

— Está bem — respondeu o príncipe. — Dou a minha palavra, tudo o que pedir eu farei, mas não me peça o impossível.

O encarregado respondeu:

— Não pedirei o impossível, mas o que desejo mais do que tudo neste mundo é que o senhor me ofereça proteção, desça comigo aos aposentos de baixo e sente à mesa conosco, coma alguma coisa ou então simplesmente fique sentado, porque hoje comemoro as minhas bodas de prata, vinte e cinco anos depois de ter-me casado, por caridade sua, com Amália Ivánovna. Será hoje à noite, às onze horas; à meia-noite, então, como o senhor deseja, poderá partir, na hora da aragem, com toda a dignidade.

O príncipe concordou e deu a sua palavra, mas ainda assim não conseguia lembrar-se: o que seria aquilo, quem seria aquele homem e por que, vinte e cinco anos atrás, ele se casara com Amália Ivánovna por caridade sua?

— Irei ao jantar deste excêntrico com prazer — disse o príncipe — porque ele me diverte muito; e, para falar a verdade, de alguma coisa me lembro, não tem que ver com ele nem com Amália Ivánovna, mas o que exatamente, não consigo me lembrar. Aguardemos a voz da natureza!

V

À tardinha o marechal de campo melhorou de todo e até saiu para passear com Faddiéiev, deu uma olhada na cidade, apreciou o pôr do sol e depois, quando voltou para casa, às dez horas, o anfitrião já o esperava e chamava-o à mesa.

O príncipe disse:

— Com prazer, irei já.

Faddiéiev brincou que vinha muito em boa hora, porque o passeio despertara seu apetite, queria muito comer aquilo lá que Amália Ivánovna preparara.

Só uma coisa preocupava Bariátinski: que o anfitrião o sentasse no lugar principal e começasse a servir muito champanhe e um monte de comida. Mas todos esses receios eram inteiramente infundados; o encarregado, também à mesa, mostrou tão delicado tato quanto em todas as horas anteriores passadas pelo príncipe na sua casa.

A mesa estava posta com certa elegância, mas com simplicidade; na salinha, muito confortável, o serviço de louça e talheres era asseado, mas modesto, e ardiam dois candelabros pretos de ferro, de belo lavor francês, cada um com sete velas. Os vinhos eram de boa qualidade, mas de produção local; entre eles, havia garrafinhas bojudas com inscrições feitas à mão.

Eram licores e vodcazinhas de todos os tipos e de sabor magnífico, de framboesa, cereja e groselha.

O encarregado começou a acomodar os convidados e, mais uma vez, mostrou a sua habilidade: não colocou o príncipe na ponta da mesa, no lugar do anfitrião, mas sentou-o onde o próprio príncipe queria, entre o seu ajudante de ordens e uma daminha bem bonitinha, para que o marechal de campo tivesse a quem dizer uma palavra breve e pudesse se ocupar de amabilidades com o sexo agradável. O príncipe desatou imediatamente a língua com a daminha, queria saber de onde ela era, onde fora educada, e que divertimentos encontrava numa cidade provinciana tão distante.

Ela respondia a todas as perguntas muito à vontade, sem nenhuma denguice, e confessou-lhe que, mais do que por qualquer outra coisa, interessava-se pela leitura.

O príncipe perguntou: que livros lê?

Ela respondeu: romances de Paul de Kock.[6]

O príncipe riu.

— Esse aí é um escritor divertido — disse ele e perguntou: — O que leu exatamente, que romances?

Ela respondeu:

— *O confeiteiro*, *O bigode*, *Irmã Anna* e outros.

— E os nossos escritores russos, não os lê?

— Não — respondeu ela —, não leio.

— E por quê?

— Eles quase não falam das coisas da alta sociedade.

— E você gosta das coisas da alta sociedade?

— Gosto.

— E por quê?

— Porque da nossa própria vida já sabemos, a dos outros é mais interessante.

E então ela disse ter um irmão que estava escrevendo um romance sobre a vida da alta sociedade.

— Que curioso! — disse o príncipe. — Será que não se pode ver, ainda que um pouco, do que ele escreve?

— Pode-se — respondeu a dama, e num minuto levantou-se e trouxe um pequeno caderno, com o qual Bariátinski, depois de olhar apenas a primeira página, alegrou-se completamente, e entregou-o a Faddiéiev, dizendo:

---

[6] Paul de Kock (1794-1871), autor de numerosos romances de costumes, principalmente sobre a vida parisiense, superficiais, divertidos e frívolos. Seus romances foram traduzidos repetidas vezes para o russo e tiveram grande popularidade entre leitores pouco exigentes. (N. da E.)

— Veja só que começo animado.

Faddiéiev olhou as primeiras linhas do romance sobre a vida da alta sociedade e alegrou-se.

O romance iniciava-se com as palavras: "Eu, como pessoa da alta sociedade, levanto-me às doze horas e não tomo o café da manhã em casa, vou a restaurantes".

— Encantador, não é? — perguntou Bariátinski.

— Muito bom — respondeu Faddiéiev.

E nesse momento todos se animaram, o anfitrião levantou-se, ergueu a taça com vinho espumante e disse:

— Meu príncipe, para satisfação geral e minha, neste dia tão precioso para mim, peço permissão para explicar quem sou eu, de onde venho e a quem devo tudo que possuo na minha prosperidade. Mas não posso relatar isso com o gélido verbo da voz humana, já que tenho estudos de uns poucos trocados. Por isso, permita, de acordo com as leis da minha natureza, soltar solenemente diante de todos a voz da natureza!

Então havia chegado o momento, e o próprio marechal de campo ficou desconcertado, perturbou-se a tal ponto que se abaixou, como se quisesse levantar um guardanapo, e murmurou:

— Juro que não sei o que dizer, o que será que ele está pedindo?

A daminha, sua vizinha, disse-lhe num gorjeio:

— Não tenha medo, permita, Filipp Filíppovitch não inventaria nada de mau.

O príncipe pensou: "Pois bem, que seja, que solte a voz!".

— Sou seu convidado — disse ele — como todos os outros, e você é o anfitrião, faça o que quiser.

— Agradeço a todos e ao senhor — respondeu o encarregado e, depois de menear a cabeça na direção de Amália

Ivánovna, disse: — Vá, minha mulher, traga com as próprias mãos aquilo que já sabe o que é.

VI

Amália Ivánovna saiu e voltou com uma grande trompa de cobre, reluzentemente polida, e entregou-a ao marido; ele pegou a trompa, encostou o bocal aos lábios e transformou--se inteiro num minuto. Foi só ele inflar as bochechas e sair um ribombo vibrante para o marechal de campo gritar:

— Estou reconhecendo, irmão, agora estou reconhecendo, você é aquele músico do regimento de caçadores, que, por sua honestidade, enviei para vigiar um intendente trapaceiro.

— Exatamente, meu príncipe — respondeu o anfitrião. — Não queria eu lembrar-lhe disso, então a própria natureza o fez.

O príncipe abraçou-o e disse:

— Bebamos, senhores, brindemos todos a um homem honrado. E assim beberam para valer; o marechal de campo sarou completamente e foi embora todo alegre.

(1883)

A FRAUDE

> "A figueira deixa cair os seus figos verdes, quando
> abalada por vento forte."
>
> *Apocalipse*, 6, 13

I

Na véspera do Natal íamos para o sul e, sentados no vagão, debatíamos questões contemporâneas que dão muito material para conversa e que, ao mesmo tempo, exigem solução rápida. Falávamos da fraqueza de caráter dos russos, da insuficiência de rigor em alguns órgãos do poder, do classicismo e dos judeus. Acima de tudo, voltávamos as nossas preocupações para como fortalecer o poder e dar cabo dos *jides*,[1] caso não fosse possível endireitá-los, e como conduzi-los, no mínimo, até certo grau de nosso próprio nível moral. A coisa, no entanto, não chegava a bom termo: nenhum de nós via meio de dispor do poder nem de conseguir fazer com que todos os nascidos no judaísmo entrassem mais uma vez no ventre e nascessem de novo, com naturezas completamente diferentes.

— Mas, na prática, como fazer isso?

— Pois é, não há como.

E, desolados, baixamos a cabeça.

A companhia era boa, pessoas simples e, sem dúvida, ponderadas. A personalidade mais notável entre todos os passageiros, com toda justiça, era um militar reformado. Um

---

[1] Plural de *jid*, termo pejorativo para "judeu". (N. da T.)

velho de compleição atlética. A sua patente era desconheci-da, pois de todos os seus equipamentos militares restara ape-nas o quepe; tudo o mais fora substituído por coisas de fei-tura civil. O velho tinha cabelos brancos como Nestor e mús-culos fortes como Sansão antes de tosado por Dalila. Nos traços pronunciados do rosto moreno, predominavam a de-cisão e uma expressão dura e determinada. Sem dúvida tinha caráter positivo e, além disso, era um prático convicto. Essas pessoas não são brincadeira no nosso tempo e também não são brincadeira em nenhuma outra época.

O ancião fazia tudo com inteligência, rigor e reflexão: entrou no vagão antes de todos os outros e, por isso, escolheu para si o melhor lugar possível, ao qual, com arte, juntou ainda mais dois lugares vizinhos, e, com firmeza, manteve-os para si, dispondo as coisas de viagem de modo magistral, claramente premeditado. Ao todo, tinha três travesseiros, de dimensões bem grandes. Por si sós, esses travesseiros já cons-tituíam boa bagagem para uma única pessoa, mas estavam muito bem guarnecidos, como se cada um pertencesse a um passageiro diferente: um dos travesseiros era de chita azul--violeta, com miosótis amarelos, do tipo que se encontra com mais frequência entre viajantes do clero rural; o outro era de algodão vermelho, muito usado por comerciantes; o terceiro, de cotim listrado e grosso, um verdadeiro travesseiro de ca-pitão do Estado-maior. O passageiro pelo visto não buscava um *assemblage*, mas sim algo mais essencial, precisamente, algo que se adequasse bem a objetivos muito mais sérios e fundamentais.

Os três travesseiros, com suas diferentes pelagens, po-diam fazer qualquer um pensar que os lugares por eles ocupa-dos pertenciam a três pessoas diferentes, e era só disso que o precavido viajante precisava.

Além do mais, arranjados com mestria, os travesseiros mereciam não só essa denominação simples, que poderíamos atribuir-lhes à primeira vista. O de cotim listrado era propriamente uma mala e baú e, por essa razão, gozava de atenção preferencial do proprietário em comparação com os outros. Ele o colocou diante de si, *vis-à-vis*, e nem bem o trem largou do embarcadouro, logo o aliviou e desoprimiu, soltando, para isso, os botões de osso branco da fronha. Da fenda estranhíssima que então se formou, ele começou a extrair embrulhinhos de calibres variados, arrumados com jeito e asseio, dos quais surgiam queijo, caviar, salsicha, pãezinhos, maçãs *antónovskie*[2] e *pastilá* de Rjev.[3] O que mais alegremente espiou o mundo foi um frasco de cristal, no qual havia um líquido de agradabilíssima cor violeta, com uma famosa inscrição antiga: "Até anacoretas aprovam". A intensa cor de ametista do líquido era magnífica, e o sabor provavelmente correspondia à pureza e agradabilidade da cor. Os entendidos no assunto garantem que uma coisa nunca vem separada da outra.

Durante todo o tempo em que os outros passageiros discutiam sobre os *jides*, a pátria e o amesquinhamento do caráter, sobre como "estragamos a nós próprios em tudo", e ocupavam-se, em geral, de "tornar saudáveis as raízes", o *bogatir*[4] encanecido mantinha majestosa serenidade. Comportava-se como aquele que sabe quando virá a hora de dizer o que pensa e, enquanto isso, simplesmente comia a provisão posta por ele sobre o travesseiro listrado, bebendo uns três ou quatro cálices do apetitoso líquido "Até anacoretas aprovam". Em todo esse tempo, não emitiu nem um som. Mas,

---

[2] Maçã temporã, aromática e de sabor ácido, muito apreciada na Rússia. (N. da T.)

[3] Doce russo tradicional, feito de massa de fruta, açúcar e clara de ovo. A *pastilá* da cidade de Rjev era a mais elaborada e cara. (N. da T.)

[4] Personagem folclórico dotado de grande força, bravura e beleza, capaz de realizar diversas façanhas. (N. da T.)

A fraude

em compensação, quando toda essa tarefa mais importante foi finalizada como devia ser e todo o seu bufete foi minuciosamente guardado de novo, ele fechou o canivete com um estalido, acendeu com fósforo próprio um cigarro caseiro incrivelmente grosso e depois, de repente, pôs-se a falar, capturando de imediato a atenção geral.

Falava alto, de modo persuasivo e desenvolto, e assim ninguém nem pensava em fazer objeções ou contradizê-lo, e introduziu na conversa, principalmente, o vivo elemento do amor, interessante a todos, ao qual a política e a censura dos costumes misturavam-se apenas de leve, de modo indireto, sem enfadar nem estragar as animadas aventuras da vida passada.

II

Ele começou o discurso com delicadeza, dirigindo-se à "sociedade" ali presente numa extrema afabilidade e, de alguma forma, até com certa beleza, depois passou diretamente ao objeto daquelas remotas e hoje tão corriqueiras apreciações.

— Vejam — disse ele —, tudo de que os senhores falaram, não apenas não me é estranho, mas até, para dizer a verdade, é muito familiar. Eu, como estão vendo, tenho já não poucos anos: vivi muito e posso dizer que vi muita coisa. Tudo o que os senhores dizem sobre os *jides* e os polacos é verdade, mas tudo isso vem da tola delicadeza russa: sempre queremos ser mais delicados do que os outros. Mimamos os estranhos, oprimimos os nossos. Eu infelizmente conheço isso muito bem e até mais do que conheço: sofri na própria pele; mas é engano os senhores pensarem que isso começou agora; já vem de muito tempo e faz-me lembrar de uma história fatídica. Eu, por suposto, não pertenço ao belo sexo, ao qual pertencia Sherazade; no entanto, também conseguiria entreter um pouco qualquer sultão com contos nada vazios. Os *jides* eu conheço muito, pois moro nesta região e aqui os vejo constantemente, e antes também, quando ainda servia no exército e, por fatídico acaso, fui governador da cidade, eles me deram muito trabalho. Às vezes tomava dinheiro emprestado deles, às vezes espichava os seus *peiot*[5] e enxotava-os aos trancos, e Deus sabe lá o que mais, principalmente quando algum *jid* vinha buscar os juros e eu não tinha com que pagar. Mas também acontecia de usufruir da hospitalidade deles, de frequentar seus casamentos, de comer *matzá*, *kuguel* e orelha de Amã em suas casas, na hora do chá, e agora até prefiro os pãezinhos deles, com nigela, aos nossos, pouco assados; mas isso que hoje querem fazer com eles, isso eu não entendo. Agora, em todo canto, falam deles e até escrevem sobre eles nos jornais... E por quê? No meu tempo, o máximo que a gente fazia era descer o cachimbo turco no lombo de um ou, quando era do tipo atrevido, atirávamos frutinhas na cara dele, e ele saía correndo. Mais do que isso, com eles, não vale a pena; agora, acabar com a raça deles também não se deve, porque há casos em que o *jid* é uma pessoa útil.

No que se refere à discussão de todas as canalhices atribuídas aos judeus, nesse caso eu lhes digo, isso não significa nada diante dos moldávios e ainda menos dos valáquios,[6] e é por isso que eu, de minha parte, sugeriria não fazer os *jides* reentrarem no ventre, pois isso é impossível, mas lembrar que há pessoas piores do que os *jides*.

— Quem, por exemplo?

— Ah, por exemplo os romenos!

[5] Cachos de cabelo laterais típicos dos judeus ortodoxos. (N. da T.)

[6] Habitantes da Valáquia, província da Romênia situada ao norte do rio Danúbio. (N. da T.)

— Sim, deles também falam mal — opinou um passageiro respeitável, com uma tabaqueira nas mãos.

— Oh-oh, meu senhor! — exclamou o nosso ancião, todo animado. — Acreditem em mim, eles são as piores pessoas do mundo. Os senhores só os conhecem de ouvir falar, mas as palavras alheias são como uma escada, só o diabo sabe aonde se pode chegar; mas eu experimentei tudo na minha própria pele, e como cristão ortodoxo posso testemunhar que, embora também sejam da nossa fé ortodoxa, de modo que, talvez, algum dia, ainda tenhamos de guerrear por eles, são tão canalhas que, olhem, iguais a eles o mundo ainda não conhece.

E aí ele nos contou várias coisas de velhacarias praticadas então, ou antes, nos lugares da Moldávia que visitara no seu tempo de exército, mas tudo isso não tinha nada de novo nem de impressionante, de modo que um comerciante calvo e idoso, presente entre os ouvintes, até bocejou e disse:

— Essa música já é conhecida até entre nós!

A opinião dele ofendeu o *bogatir*, que, cerrando de leve as sobrancelhas, proferiu:

— Mas é lógico, nenhuma história de velhacarias pode surpreender um russo do ramo do comércio!

O narrador então se voltou para aqueles que lhe pareciam mais ilustrados e disse:

— Eu, senhores, já que chegamos a isso, contarei uma anedotazinha dessa tal classe privilegiada; contarei sobre os costumes dos proprietários de terras. Aqui, a propósito, teremos diante dos olhos um pouco da névoa através da qual olhamos tudo, e também um pouco da delicadeza, com a qual prejudicamos apenas aos nossos e a nós mesmos.

Pediram-lhe então que contasse, e ele começou, explicando que aquele consistia em um dos casos mais interessantes da sua vida militar.

III

O narrador começou assim.

Melhor se conhece um homem, os senhores sabem, no dinheiro, nas cartas e no amor. Dizem que também em situação de perigo no mar, mas nisso eu não creio: no perigo, um covarde ou outro até pode lutar bravamente, enquanto um valente diz "eu passo". Cartas e amor... O amor pode ser até mais importante do que as cartas porque está na moda sempre e em toda parte: o poeta diz muito corretamente: "o amor reina em todos os corações", sem amor não se vive nem entre povos selvagens, e nós, os militares, por ele "nos movemos e ganhamos vida".[7] É verdade que isso foi dito em relação a outro amor, no entanto, por mais que os popes inventem, todo amor é "atração por um objeto". Está dito em Kurganov.[8] Mas há objetos e objetos, isso é verdade. A propósito, na juventude e para outros até mesmo já perto da velhice, o objeto mais utilizado em questões de amor é, de qualquer modo, a mulher. Nenhum pregador pode revogar isso, pois Deus, o mais velho de todos eles, disse assim: "não é bom que o homem esteja só", e assim será.

No nosso tempo, as mulheres não tinham os sonhos de independência de hoje, que a propósito eu não condeno, porque há maridos completamente impossíveis, de modo que a fidelidade a eles pode até ser pecado. Também não havia naquela época esses casamentos particulares, como inventa-

---

[7] *Gênesis*, 9, 3: "Tudo o que se move e possui vida vos servirá de alimento, tudo isso eu vos dou, como vos dei a verdura das plantas". (N. da E.)

[8] N. G. Kurganov (1725-1796), *Na escritura que contém em si a ciência da língua russa...*, Petersburgo, 1790. O livro traz modelos de textos literários e epistolares, e inclui a frase: "Não é bom ao homem estar sozinho", uma citação imprecisa da Bíblia (*Gênesis*, 2, 18). (N. da E.)

A fraude

ram agora. Naquela época, nesse aspecto, o solteirismo era mais cuidadoso e valorizava a liberdade. Os casamentos então eram apenas normais, verdadeiros, cantados na igreja, e por costume depois deles não se proibia o amor livre a militares. Esse pecado, assim como nos romances de Liérmontov,[9] pelo visto era realmente muito comum, mas acontecia só à moda cismática, ou seja, "sem provas". Principalmente com militares: povo vagamundo, que não lança raízes em lugar nenhum: hoje está aqui, amanhã toca a corneta e vai parar em outra parte, e assim o que está costurado e trançado, fica já olvidado. Sem nenhum constrangimento. Por isso nos amavam e esperavam. Lá ia o regimento e, assim que entrava em algum lugar, numa cidadezinha de fim de mundo que fosse, era certo promoverem um banquete oficial, e logo fervilhavam beijicos e namoricos. Mal os oficiais escovavam os uniformes, arrumavam-se e saíam para passear, nas pequenas casinhas encantadoras, abriam-se as janelas das senhoritas, e de lá vinha um som de piano e de canto. A romança preferida era:

> *Que bonito, não é, mamãe?*
> *Nosso hóspede denodado*
> *Uniforme em ouro bordado*
> *E faces de intenso rosado.*
> *Deus meu,*
> *Deus meu,*
> *Quando será meu?*

Bem, claro que era para lá, para a janela de onde vinha esse canto, que lançávamos nossos olhares, e nunca em vão.

---

[9] Mikhail Iúrevitch Liérmontov (1814-1841), poeta, prosador e dramaturgo russo. Referência ao romance *O herói do nosso tempo*. (N. da E.)

No mesmo dia, à tardinha, já voavam bilhetinhos nas mãos dos ordenanças, e depois lá iam as aias borboletear junto aos senhores oficiais... Também essas não eram como as *soubrettes*[10] de hoje, mas servas, os seres mais desinteressados. Nós, sabe-se bem, muitas vezes não tínhamos nada mais com que pagar-lhes a não ser com beijos. Assim, os êxitos de amor começavam com as mandadas e terminavam com as mandantes. E isso foi cantado até no *vaudeville* do ator Grigoriev,[11] nos teatros, numa cançoneta.

> *Antes do amor da senhora,*
> *É a moça que se namora.*

Não usavam chamar criada de serva, era só moça mesmo. Mas, é claro, com toda essa atenção lisonjeira, nós, os militares, éramos mimados pelas mulheres como o diabo! Da Grande à Pequena Rússia,[12] tudo a mesma coisa; chegamos à Polônia: e lá esses bens eram ainda em maior número. Só que as polonesas são mais astuciosas: logo os nossos começaram a pensar em casamento. Mas o comandante disse: "Fiquem atentos, senhores, cuidado", e, no final, Deus nos salvou, não houve casamento. Um se apaixonou de tal forma que correu a fazer o pedido, só que achou a futura sogra sozinha e, felizmente, entusiasmou-se tanto por esta, que já não fez o pedido à filha. E não é de se admirar nem um pouco o sucesso que tínhamos, pois o povo era jovem, em todo canto reinava o ardor da paixão. Esse modo de vida de hoje,

---

[10] Palavra francesa russificada no original (*subriétka*): personagem de criada típica de comédias, em especial a coquete e leviana. (N. da T.)

[11] Piotr Ivánovitch Grigoriev (1806-1871), ator e dramaturgo. (N. da E.)

[12] Assim eram denominadas, respectivamente, a Rússia e a Ucrânia atuais. (N. da T.)

A fraude

com efeito, não havia entre as classes bem-educadas... Nas de baixo, é claro, abriam o bico, mas em pessoas bem-educadas dava apenas uma coceirinha de amor, e ainda assim a aparência significava muito. As donzelas e as casadas confessavam sentir, pode-se dizer, um imenso e descontrolado desfalecimento diante do uniforme militar. E nós, de nosso lado, sabíamos que ao pato macho são dadas iridescências espelhadas nas asas para que a fêmea venha se mirar nelas. Pois não impedíamos que se mirassem...

Dos militares, poucos eram casados, por pobreza dos rendimentos e tédio. Era casar e pronto: para o resto da vida se arrastar em cima de um cavalinho, a esposa numa vaquinha, as crianças em bezerrinhos, os criados em cachorrinhos. Também, para que casar, se o solteiro, por misericórdia de Deus, não sofre as tristezas da solidão, praticamente nenhuma? Agora, aqueles mais avantajados ou que sabiam cantar, pintar, falar francês, esses nem faziam ideia de como escapar da cornucópia. Acontecia até, em acréscimo aos carinhos, de receberem também bibelôs muito valiosos, de tal modo que, sabe-se bem, ficava difícil livrar-se deles... E também havia situações em que, por um único caso, a coitadinha revelava o tesouro inteiro, como se a gente tivesse dito a palavra mágica, e então, sem falta, pegavam o que lhes ofereciam, senão elas começavam a pedir de joelhos, depois ficavam ressentidas e punham-se a chorar. Pois daquela época tenho até agora uma besteirinha íntima grudada na mão.

O narrador mostrou-nos a mão, onde no dedo grosso e enrijecido colava-se um anel esmaltado de ouro, trabalho antigo, com um brilhante bastante grande. E então continuou a história.

Porém, dessas sem-vergonhices atuais, para tirar algum proveito dos homens, disso naquela época não havia nem sinal. Também, tirar de onde, pra quê? Pois antes havia abundância de propriedades e, além disso, ainda havia simplicidade. Principalmente nas cidadezinhas de província, sem dúvida, viver era coisa extremamente simples. Nada dos clubes de hoje, nem dos buquês pelos quais é preciso pagar para depois jogar fora, não havia disso. Vestiam-se com gosto, com capricho, mas simplesmente, sem exagero de tafetás, musselina colorida, e até ao contrário, não costumavam desprezar nem chita nem lona barata tingida. Muitas senhoritas, também por economia, usavam aventais e alcinhas, com biquinhos e franjinhas diversos, e isso tudo costumava ficar muito bonito e gracioso, caía bem a muitas. Além disso, os passeios e todos esses *rendez-vousinhos* davam-se completamente de outro modo. Nunca convidavam as damas para ir a tavernas nos arredores da cidade, onde por qualquer coisa arrancam logo dez vezes mais e ainda ficam espiando pelas frestas. Deus me livre! Naquela época, uma moça ou dama ficaria vermelha de vergonha só de pensar nisso e por nada neste mundo iria parar num lugar desse tipo, onde passar em frente a um lacaio é como enfrentar um corredor polonês! E o senhor vai levando a sua dama pela mão e vê como aqueles canalhas, às suas costas, arreganham os dentes, porque, aos seus olhos lacaiescos, uma donzela honesta, uma mulher tomada de amor e paixão ou uma dama de Amsterdã: é tudo a mesma coisa. E quando a mulher honesta comporta-se da maneira mais reservada, aí é que os seus julgamentos são ainda mais baixos: "Aqui", dizem, "pela dona se conhece a carne".

Hoje passam por cima disso, mas naquela época a dama se ofenderia se fosse convidada a ficar recolhida num lugar desses, ainda que o mais agradável. Antigamente havia bom gosto e todos procuravam um meio de enobrecer tudo ainda mais, e enobrecer não com fanfarronices, mas sim com simplicidade e elegância; nada devia lembrar o vil metal. Para os enamorados, o mais comum, por exemplo, era passear nos arredores da cidade, arrancar centáureas azuis em campos floridos ou arranjar um lugar à beira de um riachinho, ficar pescando sob os chorões, ou então, em geral, fazer alguma outra coisa inocente e cândida. Ela saía de casa com a aia, e você estava sentado na fronteirinha, esperando. A moça, é óbvio, era deixada ali pela beira do campo, enquanto junto com a dama entrávamos pela plantação de trigo adentro... Espigas de trigo, céu, insetos variados rastejando em caules e no chão... E ali, do nosso lado, uma jovem, no mais das vezes em toda a sua pureza de estudante, sem saber o que dizer a um militar; tomando-nos por um professor de ciência natural, ela perguntava: "O que o senhor acha, isso é um inseto ou uma inseta?". Bem, bem: inseto, inseta, como é que vamos pensar nisso quando estamos a sós, quando em nosso braço se apoia um anjo tão vivo, tão puro! A nossa cabeça roda, e parece que não há culpado, ninguém responde por nada, pois já não são as pernas que estão nos levando, mas o próprio campo que flutua no bosque, onde há carvalhos e bordos enormes e, em sua sombra, dríades pensativas! Não, o estado de beatitude não se compara a nada neste mundo! Que felicidade, santa e serena!

O narrador encantou-se tanto com as lembranças desses minutos elevados que se calou por um instante. Enquanto isso, alguém comentou baixinho que para a dríade tudo isso começava bem, mas não era sem confusão que terminava.

— Sim, é verdade — refletiu o narrador —, depois, obviamente, ficam a ver navios. Mas eu falo apenas a meu respeito, a respeito dos cavalheiros: nós nos acostumamos a receber esse tipo de atenção e sacrifício das mulheres com simplicidade, sem elucubrações, como dádivas sucessivas de Afrodite a Ares, e não exigimos nada de duradouro para nós próprios e também nada prometemos; chegou, pegou e era uma vez. Mas, de repente, uma brusca reviravolta! Chegou de repente, direto da Polônia, uma ordem inesperada: partir para a Moldávia. Os homens poloneses numa paixão só elogiavam essa região românica: "Lá", diziam, "as *kukonas*, quer dizer, as damas moldávias, são a pura perfeição da natureza, tão belas que não há igual em nenhum outro lugar do mundo. E ter o amor delas não custa nada, pois são ardentes que é uma beleza".

Pois certo, ficamos muito felizes com esse tesouro.

Nossa rapaziada empolgou-se demais. Arrastaram o que podiam, antes da partida, em Varsóvia, e compraram montes de luvas, cremes, perfumes, que era para as *kukonas* entenderem logo de cara que não costumamos meter os pés pelas mãos.

Tocamos a corneta, batemos as pandeiretas e partimos, com uma música animada:

> *Deixamos amante,*
> *Deixamos amigo,*
> *Com alvoroço seguimos adiante,*
> *Balas zunindo e espadas batendo.*
> *Para trás deixamos amantes,*
> *Para trás deixamos amigos,*
> *Com alarde seguimos adiante,*
> *Balas zunindo e espadas em riste.*

Esperávamos nem se sabe que graças, mas as coisas tiveram um desfecho que não seria possível prever de jeito nenhum.

IV

Entramos na terra deles com toda a nossa cordialidade russa, porque os moldávios são todos ortodoxos, só que já na primeira impressão aquele país não agradou. O terreno é uma depressão; o milho, a melancia, o girassol, tudo magnífico, mas o clima é insalubre. Muitos dos nossos adoeceram ainda durante a marcha, e, além disso, nada de amabilidade, nada de gratidão em lugar nenhum.

Por qualquer coisa, pode ir passando o dinheiro, e se a nossa gente pegava algo de um moldávio, mesmo besteiras, então ele, o imundo, esgoelava como se tivessem lhe arrancado um filho legítimo. O jeito era devolver — tome aí suas muletas, mas pare de esgoelar —, e ele no mesmo instante escondia tudo e sumia, não havia jeito de encontrar o diabo peludo em lugar nenhum. Outra hora era preciso achar alguém para nos acompanhar, mostrar o caminho, pois todos saíam correndo. Medrosos assim são únicos no mundo, e, na classe baixa, entre eles, não notamos nenhuma mulher bonita. Só meninas imundas e também umas velhas para lá de horrorosas.

Bem, pensamos, talvez isso seja assim só nas granjas à beira da estrada: nesses lugares o povo sempre é um tanto pior; mas eis que chegaremos à cidade, e tudo mudará. Não é possível que os poloneses iam dizer isso, que ali havia *kukonas* tão boas, sem fundamento nenhum! Onde estão elas, essas *kukonas*? Veremos.

Chegamos à cidade e... ah? A mesma coisa: por qualquer coisa, absolutamente, façam a gentileza de pagar. Na questão da beleza feminina, os poloneses tinham falado a verdade. As *kukonas* e as *kukonitas* agradavam muito: tão lânguidas e tão maleáveis que até superavam as polonesas, e vejam que as polonesas, os senhores sabem, são famosas, embora, para o meu gosto, sejam um pouco bocudas e, além disso, têm um caráter cheio de caprichos. Até chegar a ponto de dizer-lhes, à moda de Mickiewicz:[13] "Kochanko moja! na co nam roz-

---

[13] Adam Mickiewicz (1798-1856), considerado um dos maiores poetas românticos poloneses. (N. da E.)

mowa"[14] — o sujeito precisa fazer reverências até cansar. Mas na Moldávia é completamente diferente, lá o *jid* se mete em tudo. Sim senhor, um simples *jid*, e sem ele não há nenhuma poesia. O *jid* aparece no hotel, procura o hóspede e pergunta: por acaso não estaria oprimido pela solidão, gostaria de farejar uma *kukona*?

Então respondemos que os serviços dele não têm préstimo, porque o nosso coração já foi tocado, por exemplo, por tal e tal dama, que vimos, digamos, por exemplo, numa casa assim-assim sob a tenda de seda da sacada. Pois o *jid* nos responde: *pozível*.

Automaticamente soltamos um grito:

— *Pozível* o quê?

Ele responde que com essa dama é possível marcar um encontro e logo propõe um lugar nas cercanias da cidade, em algum café, para onde ela também vai se dirigir a fim de tomar o café conosco. No início, pensamos: isso é enganação, mas não, não é enganação. Pois bem, do nosso lado masculino, é claro, não vemos nenhum obstáculo, todos nós cuidamos dessas coisas, farejamos aqui e ali e estamos prontos a tomar um café com uma *kukona*, nas cercanias da cidade.

Falei então de uma *kukona* que eu tinha visto na sacada. Muito bonita. O *jid* disse que ela era rica e estava casada há apenas um ano. Isso, sabem, já me pareceu bom até demais, tanto que era difícil acreditar. Perguntei mais uma vez e, de novo, ouvi a mesma coisa: rica, um ano de casada, e era possível tomar um café com ela.

— Não está mentindo? — perguntei ao *jid*.

[14] Trecho do poema "Conversa". Em polonês, no original: "Minha amada! De que nos serve essa conversa?". (N. da T.)

A fraude

— Pra que mentir? — respondeu ele. — Cuidarei de tudo honestamente: o senhor fica em casa hoje à noite, assim que escurecer, a aia vem procurá-lo.

— E pra que diabo preciso de aia?

— De outro modo não é possível. Aqui a norma é essa.

— Certo, se a norma é essa, não há o que fazer, em mosteiro alheio não entramos com o nosso próprio regulamento. Está bem; diga à aia que ficarei em casa e vou esperá-la.

— E, em casa, não acenda a luz — disse ele.

— Por que isso?

— Para pensarem que o senhor não está em casa.

Dei de ombros, com isso também concordei.

— Está bem — disse eu. — Não vou acender.

Para concluir, o *jid* exigiu de mim uma moeda de ouro por seus serviços.

— Como assim? — perguntei. — Uma moeda de ouro! Sem ter visto absolutamente nada já dou uma moeda de ouro! Isso é demais.

Mas ele, aquele velhaco danado, decerto era calejado. Sorriu e disse:

— Não é, não; depois que o senhor tiver visto, será tarde para receber. Os militares, dizem por aí, não são...

— Veja bem — disse eu —, não se atreva a julgar os militares, isso não é da sua conta, senão arrebento sua fuça e sua tromba, e depois digo que ela já era assim mesmo.

Mas acabei dando-lhe o ouro, roguei-lhe uma praga e chamei um de meus servos fiéis.[15]

Dei ao ordenança uma moeda de vinte copeques e disse:

— Vá pra onde bem entender e encha a cara, só não me apareça aqui em casa hoje à noite.

---

[15] Citação do poema "Xale negro", de Púchkin. (N. da E.)

Notem bem, acumulava-se gasto em cima de gasto. Completamente diferente de colher uma centáurea azul. E, quem sabe, talvez ainda tivesse de dourar a aia.

Caiu a noite; todos os companheiros dispersaram-se pelos cafés. Lá também trabalhavam donzelas, e algumas bem interessantes; já eu menti para os companheiros, disse que estava com dor de dente e tinha de ir à enfermaria pedir ao assistente umas gotas analgésicas ou então que extraíssem logo aquele dente. Dei uma volta rápida no quarteirão e voltei para casa, entrei furtivamente, destranquei as portas e sentei-me junto à janelinha, sem luz. Fiquei sentado, feito idiota, esperando: o pulso batia e martelava nos ouvidos. Enquanto isso, de fininho vinha uma dúvida; eu pensava: será que aquele *jid* não me enganou, não falou à toa sobre a tal aia apenas para me tomar uma moeda de ouro? Agora deve estar por aí, num canto, contando vantagens a outros *jides*, sobre como embromou um oficial, e todos morrendo de tanto gargalhar. E, de fato, por que diabo tinha enfiado aqui essa aia, e o que ela viria fazer na minha casa? A situação era de uma estupidez extrema, de modo que resolvi: contaria ainda até cem, depois iria encontrar os companheiros.

V

De repente, não tinha contado nem cinquenta, soou baixinho uma batida na porta, e algo veio rastejando, num farfalhar enérgico. Naquela época usavam mantôs longos, de lã francesa, e o tecido farfalhava.

Sem luzes, tinha ficado tão escuro que não se podia distinguir claramente que tipo de milharina era aquela. Com ajuda da luz da rua, eu mal conseguia ver, mas parecia que a minha visita era uma velhota já bem passada. Apesar disso, até ela tinha prevenções e por isso usava um véu.

A fraude

Entrou e sussurrou:

— Onde está você?

Eu respondi:

— Não tenha medo, fale alto, não há mais ninguém aqui, fiquei esperando como combinado. Diga, quando é que a sua *kukona* vai tomar o café?

— Isso — disse ela — depende de você.

E tudo sussurrado.

— Pois eu estou sempre pronto.

— Muito bem. Então o que me ordena dizer a ela?

— Diga que estou rendido, apaixonado, sofrendo, e, quando for conveniente, aparecerei; talvez, por exemplo, amanhã no final da tarde.

— Está certo, amanhã ela pode ir.

Parece que depois disso ela tinha de ir embora, não é mesmo? Mas continuava ali, parada!

— Que foi?

Pelo visto, era preciso dar adeus a mais uma moeda de ouro. Seria bem útil essa moeda, mas não havia mais nada a fazer, eu estava pronto a entregá-la, quando, de repente, a aia perguntou "se eu não concordava em mandar para a *kukona*, agora mesmo, trezentas moedas de ouro"?

— O quêêê?

Ela, tranquilíssima, repetiu "trezentas moedas de ouro" e começou a me sussurrar que o marido da sua *kukona*, apesar de muito rico, não era fiel e gastava dinheiro com uma condessa italiana, enquanto a *kukona* era deixada completamente de lado e mandava vir o seu guarda-roupa de Paris por conta própria, pois não queria ser pior do que as outras...

Quer dizer, os senhores compreendem, que diabos era aquilo! Trezentas moedas de ouro, nem mais, nem menos! Pois isso eram bem mil rublos! O salário de coronel por um ano inteiro de serviço... Um milhão de tiros de metralha! Como ela podia pedir isso a um oficial, exigir dele uma coisa dessas? Mas, ainda assim, achei uma saída: pensei comigo que não tinha tantas moedas, mas devia manter a honra.

— Dinheiro para nós, russos, não é nada — disse eu.

— De dinheiro nem falamos, mas como é que vou saber se você vai entregar realmente as minhas trezentas moedas de ouro e não pegar para si?

— Com certeza, entregarei — respondeu ela.

— Não — disse eu. — O dinheiro não importa, só não quero fazer papel de bobo. Vamos nos encontrar, eu e ela, aí eu próprio lhe darei, quem sabe, até mais.

A milharina sentiu-se ultrajada e me passou um sermão.

— Está pensando o quê? Então é a própria *kukona* que vai ter de pegar?

— Mas eu não confio.

— Pois se não for assim — disse ela — não vai acontecer nada.

— E nem precisa.

Tanto ela me enchera que senti até um cansaço físico, e fiquei muito feliz quando o diabo a levou para longe de mim.

Fui ao café encontrar os companheiros, tomei vinho até não poder mais e passei o tempo, como os outros, à moda dos cavalheiros; no dia seguinte, fui passear nas cercanias da casa onde morava a *kukona*, minha escolhida, e a vi lá, como uma santa, sentada junto à janela, com um casaquinho de veludo verde, no peito uma rosa cheia e vistosa, o decote recortado baixo, o braço nu numa manga ampla, bordada a ouro e com um corte de cima a baixo, e o corpo... que rosado surpreendente... espiava para fora, escapando do veludo verde, exatamente como a melancia, de sua casca.

Não aguentei, num salto aproximei-me da janela e disparei:

— A senhora me torturou tanto, uma mulher com cora-

A fraude   119

ção não devia fazer assim, sofri esperando minutos de felicidade, encontrá-la em algum lugar, mas, em vez da senhora, veio me procurar uma avarenta qualquer, acho até que uma velha suspeita, a respeito da qual eu, como homem honesto, considero meu dever prevenir a senhora: ela está manchando o seu nome.

A *kukona* não se ofendeu; deixei escapar que a velha pedira-me dinheiro — até a isso, ela apenas sorriu. Ah, que diabo! Abriu os dentinhos: verdadeiras pérolas no meio de corais, tudo encantador, mas parecia que ela exalava um ar de tolice.

— Certo — disse. — Mandarei de novo a aia.

— Quem? Aquela mesma velha?

— Sim, ela irá de novo hoje à noite.

— Misericórdia — disse eu. — A senhora, é bem provável que nem saiba, mas essa velha cúpida faz a senhora parecer alguém que não merece respeito.

Então a *kukona*, de repente, deixou cair o lenço pela janela e, quando eu me inclinei para apanhá-lo, ela também se debruçou levemente, de tal modo que uma ponta do corpete, aquele maldito, como um barquinho de papel de brinquedo, saltou para fora diante de mim, e a própria sussurrou:

— Direi a ela... que seja mais bondosa.

E, com isso, zás-trás, fechou a janela.

"Eu a mandarei de novo à noite. Ordenarei que seja mais bondosa." Pois aqui já não havia apenas tolice, mas sim audácia e caráter empreendedor... E isso numa mulher tão jovenzinha e tão bonitinha!

Curioso, e quem não se interessaria por isso? Uma criança — porém, sem dúvida, sabia tudo, era ela que conduzia tudo, tinha me mandado aquela diaba e agora ia mandá-la de novo.

Reuni paciência e pensei: não há o que fazer, fico esperando outra vez, para ver como isso termina.

Aguardei o crepúsculo e, de novo, fiquei escondido nas trevas, esperando. Entrou de novo aquele mesmo pacote, embrulhado em lã, sob o véu.

— O que tem a dizer? — perguntei.

Ela me respondeu em sussurros:

— A *kukona* está apaixonada por você e, de seu seio, manda-lhe uma rosa.

— Agradeço-lhe muito e aprecio o presente.

Peguei e beijei a rosa.

— De você ela precisa não de trezentas moedas de ouro, mas só de cento e cinquenta.

Compaixão é bom... Um grande desconto, mas, ainda assim, cento e cinquenta moedas de ouro, faça-me o favor. É brincadeira! Entre nós, naquela época, ninguém tinha uma quantia dessas, porque, quando saímos da Polônia, de fato não estávamos tão abastados assim e tínhamos comprado de tudo — o que era e o que não era preciso —, todo tipo de roupa tínhamos mandado fazer, para dar uma boa impressão, mas sobre as normas do lugar, nem pensáramos.

— Agradeça à sua *kukona* — disse eu —, mas eu não quero ir me encontrar com ela.

— Por quê?

— E mais essa ainda: por quê? Não quero e pronto.

— Será então que é um pobre? Mas vocês todos são ricos. Ou será que a *kukona* não é uma beleza?

— Não sou pobre — disse eu —, entre nós não há pobres, e a sua *kukona* é uma grande beleza, porém não estamos acostumados com esse tipo de tratamento!

— Com que, então, estão acostumados?

— Vou lhe dizer: "Não é da sua conta".

— Claro que é. Diga-me como estão acostumados, talvez seja possível assim também.

Então me levantei, aprumei o corpo e disse:

— Estamos acostumados com o seguinte: o pato tem

iridescências espelhadas nas asas para que a pata, por si só, venha se contemplar nelas.

Ela, de repente, soltou uma gargalhada.

— Não há nada de engraçado nisso — disse eu.

— Claro que há, é engraçado! — replicou ela.

E saiu correndo muito rapidamente, como se voasse.

Eu, de novo, fiquei transtornado, fui ao café e enchi a cara de novo.

O vinho moldávio é barato. Um pouco ácido, mas bastante bebível.

VI

Na manhã seguinte, prezados senhores, eu ainda estava deitado, quando apareceu em casa aquele *jid*, que era quem, no fundo, havia me conduzido àquela situação estúpida e, de repente, pediu ainda mais uma moeda de ouro por sei-lá-o-quê.

Eu disse

— E por que é, meu caro, que você merece outra moeda de ouro?

— Porque o senhor me prometeu.

Lembrei que realmente tinha prometido outra moeda de ouro, mas apenas depois de conseguir o meu encontro com a *kukona*.

Isso eu lhe disse. E ele respondeu:

— Mas o senhor já se encontrou com ela duas vezes.

— Sim, talvez, pela janelinha. Mas isso não é suficiente.

— Não — respondeu ele. — Ela esteve duas vezes em sua casa.

— Veio aqui um diabo velho qualquer, e não a *kukona*.

— Não — disse ele. — Quem esteve na sua casa foi a *kukona*.

— Não minta, *jid*. É por isso que batem em gente como você!

— Mas é verdade. Eu não estou mentindo: foi ela mesma que esteve na sua casa, e não uma velha.

Mantive a minha dignidade, mas aquilo simplesmente me escaldou. Tanto aborrecimento e amargura causou-me tudo, que me atraquei com o *jid* e dei-lhe uma surra terrível; depois saí e afoguei-me no vinho moldávio até perder os sentidos. Porém, ainda nessa situação, não me esquecia de modo algum que a *kukona* tinha estado na minha casa, que eu não a reconhecera e, como uma gralha, deixara que ela escapasse das mãos. Não foi à toa que aquele mantô de lã tinha me parecido um tanto suspeito... Em suma, era doloroso, desagradável, mas também tão vergonhoso que dava vontade de sumir terra adentro... Com o tesouro nas mãos, não conseguira pegá-lo, e agora ficava com cara de bobo.

Mas, para meu consolo, nessa mesma época, aconteciam casos semelhantes com outros companheiros militares, e todos nós, aborrecidos, passávamos o tempo bebendo e comendo melancia com as moças do café, e as verdadeiras *kukonas* já decidíramos punir com o desprezo.

A nossa época de centáureas azuis, de êxitos inocentes terminara. Agora suportávamos o tédio de ficar sem mulheres bem-educadas, estávamos na companhia das moças simples do café; enquanto isso, os capitães, nossos velhos pais, despertavam o nosso brio.

— Então porque num pomar as maçãs não vingaram — diziam — vamos deixar de comemorar o dia da Salvação?[16] *Courage*, irmãos! Caiu, é só levantar.

Para despertar o nosso brio, logo nos tiraram da cidade

---

[16] Feriado religioso do Dia da Transfiguração, que também é conhecido como a "Salvação das maçãs". (N. da E.)

A fraude

e alojaram-nos em granjas. Lá, as senhoritas dos proprietários de terras e, em geral, toda a sociedade, provavelmente não eram como aquelas das cidades, e não podia haver tanta mesquinhez. Assim pensávamos e não imaginávamos que nos esperava um desgosto ainda pior e muito maior. Aliás, não era mesmo possível prever que préstimos iam oferecer em sua simplicidade interiorana. Chegou o dia tão desejado, tocamos a corneta, batemos as pandeiretas, cantamos a "Gralha negra"[17] e saímos ao ar livre. Tomara que as centáureas recomecem a azular.

VII

A distribuição, quem ia ficar onde, saiu-nos a mais improvisada, pois, na Moldávia, à moda estrangeira, não há aldeias grandes como entre nós, tudo são granjas ou chácaras. Os oficiais bateram-se para ficar na chácara chamada Kholuian, porque era lá que ficava o boiardo ou *ban*, também de sobrenome Kholuian. Era casado e, diziam, com uma beldade; a respeito dele contavam ser um grande vendilhão de comes e bebes, dele podia-se comprar de tudo, porém só a dinheiro. Antes de nós, outros de nosso exército tinham se instalado nas proximidades, e na estrada encontramos o seu quartel-mestre, que cuidara da quitação das despesas com o Kholuian. Corremos a ele com indagações: como tinha sido? Mas ele era o vate do regimento e gostava muito de responder com rimas.

— Tudo tranquilo — disse ele. — A chácara é boa; chegando lá, vão ver:

---

[17] Uma das canções mais populares no exército russo à época. (N. da T.)

Entre buracos e montes
Pássaro Kholuian no horizonte.

Bestíssima essa maneira de falar das coisas em versos. De pessoas assim nunca conseguimos nada que preste.

— E *kukonas*, há alguma? — perguntaram.

— Como não? — respondeu ele. — As *kukonas* estão lá, mas estorvos também há.

— Boazinhas? Quer dizer, bonitas?

— Sim — disse ele. — São bonitas e não fazem fita.

Perguntamos: será que os oficiais encontraram lá, por parte delas, uma boa disposição?

— E como não! Na pota e também na rota, batemos as botas.

— Diabos, quem é que entende uma língua dessas?! É pior do que adivinhar charadas.

No entanto, todos entendemos que o velhaco era dos espertos e não queria abrir o jogo.

Mas eis que, quer acreditem, quer não acreditem em premonição... Atualmente está na moda desacreditar, mas eu acredito em premonições, porque, em minha vida agitada, tive muitas provas disso, e, quando chegávamos a essa chácara, senti um abatimento, um peso na alma, como se estivesse simplesmente a caminho da execução.

Bem, mas estrada e tempo, é claro, sempre passam, e eu ia caminhando no meu canto, em estado de meditação, patinhando as botas na lama, quando alguém da dianteira viu a chácara e gritou:

— Kholuian!

Isso foi rolando pelas fileiras, e eu estremeci de repente sem saber o motivo, mas me persignei e comecei a examinar bem onde é que ficava aquela Kholuian do diabo.

Enquanto isso, nem o sinal da cruz afastou de mim a melancolia. No coração havia uma angústia como se diz ter

A fraude

ocorrido com o jovem Jônatas quando andava pelo campo e avistou mel doce.[18] Melhor que não tivesse sido assim, o pobre jovem não teria sido obrigado a dizer: "Eu somente provei um pouco de mel com a ponta da vara que tinha na mão. Estou pronto para morrer".[19]

A chácara Kholuian realmente estava bem diante de nós, e, de fato, ficava entre buracos e montes, ou melhor, entre uns morrinhos minúsculos e uns laguinhos mirrados.

A primeira impressão que me causou foi a mais repulsiva.

Havia também alguns buracos de verdade, vazios como túmulos. Só o diabo sabe quando, por que e para quem tinham cavado aquilo, mas eram pra lá de fundos. Talvez tirassem argila dali não se sabe quando ou então, como diziam alguns, havia ali lama medicinal, com que os romanos antigos já se lambuzavam. De qualquer modo, o lugarzinho era tristíssimo e esquisito.

Distinguiam-se ainda, aqui e acolá, uns pedacinhos de bosque, porém parecidos com pequenos cemitérios. O solo era do tipo que se chama pantanoso, e supunha-se impregnado de umidade insalubre. Um verdadeiro ninho da malsã

---

[18] Referência bíblica (*1 Samuel*, 14, 24-30). Jônatas, filho mais velho de Saul, da Judeia, em batalha contra os filisteus, "levantou a vara que tinha consigo, espetou-a no favo e, com a mão, saboreou o mel, e logo a sua visão clareou" (*Bíblia de Jerusalém*, São Paulo, Paulus, 2008, pp. 407-8). (N. da T.)

[19] Palavras pronunciadas por Jônatas, cujo pai tinha proibido todo o povo de comer qualquer coisa antes da vingança contra os seus inimigos. Sem ter conhecimento da ordem paterna, Jônatas provou do mel e, portanto, devia morrer. Mas o povo disse a Saul: "Jônatas, aquele que alcançou esta grande vitória em Israel, vai morrer? De maneira alguma! [...] Assim o povo libertou Jônatas, e ele não morreu" (*1 Samuel*, 14, 43, *Bíblia de Jerusalém*, São Paulo, Paulus, 2008, p. 409). (N. da T.)

febre moldávia, que faz as pessoas agonizarem num suadouro moldávio.

Quando nos aproximamos, à tardinha, o céu crepusculava num vermelho bem vivo; sobre a vegetação, desdobrava-se um azul, como um tule: era o nevoeiro. Não havia flores, nem centáureas; sobressaíam apenas uns caules secos de ervas daninhas, cobertos por uma espécie de penugem, em que se assentavam pesadas ninfeias amarelas, parecidas com o lírio, porém venenosas: era só cheirá-las e o nariz já começava a inchar. E o que ainda mais nos surpreendeu foi como havia garças, parecia que vinham de todas as partes do mundo, umas voando, outras de pé na água, apoiadas numa perna só. Não consigo suportar os lugares onde abunda esse passarão faraônico: ele tem algo que lembra todas as pragas do Egito. A chácara Kholuian era bem grande, mas sabe lá o diabo o que se devia pensar dela: se ruim ou boa. Muitas e diversificadas edificações senhoriais, mas tudo como se intencionalmente espalhado "entre buracos e montes". Praticamente não se conseguia distinguir uma da outra: uma aqui num buraco, outra lá também num buraco, entre elas um montículo. Era como se planejassem fazer ali algo escondido, em completo segredo. Bem provavelmente, eu diria, falsificar o nosso dinheiro russo. A casa do proprietário era baixinha e muito feia... Paredes descascadas, a chaminé alta, era uma casa pequena por fora, mas ampla, diziam ter uns dezesseis cômodos. Do lado de fora era igual aos prédios das nossas estações, que o falecido Kleinmikhel[20] construiu pela estrada de Moscou. Pois esses bufês, os escritórios, os viajantes e o

---

[20] Piotr Andrêievitch Kleinmikhel (1793-1869), conde russo responsável pela construção da estrada de ferro de Nikoláievsk. De 1842 a 1855, exerceu o cargo de administrador-geral dos meios de transporte e comunicação do governo tsarista. (N. da T.)

A fraude

encarregado com sua família, tudo isso sabe lá o diabo onde que se metiam, e ainda assim era ampla. Tinha sido construída sem particularidades, como uma fábrica, com um alpendre no meio, um bufê na entrada, um bilhar bem na sala, enquanto os cômodos residenciais ficavam tão escondidos que pareciam nem existir. Em resumo, tudo como numa estação ou estalagem de beira de estrada. E, ainda por cima, lembro aos senhores que, na entrada da casa, havia um bufê comercial. Isso, diziam, também era bom para "o conforto dos senhores oficiais", mas, de qualquer modo, era uma coisa estranha, e a própria instalação desse bufê tinha sido feita também com intenções vis, para que nada fosse oferecido de graça, mas do seguinte modo: tudo o que temos colocamos a seu serviço, e não seria inconveniente receber "em dinheiro vivo". Havia, admitamos, crédito livre para todos, porém tudo o que recebíamos, fosse vodca ou vinho local, tudo isso, nos mínimos detalhes, um *valet*, de *jupan*[21] azul com cordão de lã vermelha, escrevia no livro do estômago. Até pela comida cobravam; no início, por muito tempo, não conseguíamos nos acostumar com essa história de pagar numa residência senhorial. E os senhores precisam saber que eles agiam com esperteza para pegar o dinheiro. Também curiosíssimo. Na Rússia ou na Polônia, que vergonha não seria para um proprietário hospitaleiro realizar um comércio desse tipo. Já no primeiro dia, aparecia esse *jupan*, circulava entre os oficiais e perguntava: não gostariam, os senhores, de comer na casa do patrão?

Os nossos rapazes, pessoas simples e boas, é claro que agradeciam muito:

— Ótimo — diziam —, será uma satisfação.

— E onde — continuava o *jupan* — devemos colocar a

---

[21] Antigo cafetã curto polonês ou ucraniano, de feltro. (N. da T.)

mesa: na sala ou na varanda? Aqui a sala grande é grande e a varanda também.

— Para nós, meu caro, tanto faz, onde quiserem.

Entretanto, ele insistia e dizia: "o boiardo ordenou que lhes perguntasse e servisse a mesa, sem falta, de acordo com a vontade dos senhores".

"Veja só", pensávamos, "que consideração! Sirva, irmão, onde for melhor."

— Melhor é na varanda.

— Pois lá o ar deve ser mais puro.

— E também o piso é de argila.

— E qual é a vantagem disso?

— Se derramar vinho tinto ou alguma outra coisa, então será mais fácil limpar, e não vai deixar mancha.

— É verdade, é verdade!

Planejava-se, pelo visto, um mar de bebida.

O vinho deles, imaginamos que devia ser barato; meio rançoso, é verdade, mas tudo bem: há alguns bem razoáveis.

Chegou a hora do almoço. Aparecemos, sentamos à mesa, tudo como se deve, e o anfitrião conosco: o próprio Kholuian, um homem assim bem magro, moreno, com rosto de argila queimada, pode-se dizer, todo venoso e barroso, conversando com voz estrangulada, como se estivesse doente.

— Veja, senhores, o meu vinho é de tal ano, de boa colheita; não gostariam de provar?

— Ficaremos muito satisfeitos.

No mesmo instante, ele gritou ao criado:

— Sirva ao senhor tenente daquele vinho.

O outro serviu sem falta a garrafa intacta, e, antes do último prato, apareceu de repente o *jupan* com um prato vazio e passou por todos nós.

— O que é que é isso?!

— O dinheiro do almoço e do vinho.

Ficamos todos atarantados, principalmente aqueles que

A fraude

129

não tinham consigo nenhum dinheiro. Esses, por debaixo da mesa, tomavam um rápido empréstimo.

Vejam só que canalhice imunda!

Mas o caso com o qual Kholuian nos levou a um desgosto amargo não estava nisso, e sim na *kukonita* por causa de quem *nas potas e nas rotas* todas as nossas vidas se esgotaram, e eu, pode-se dizer, perdi para sempre o que para mim era mais caro e querido e, pode-se dizer, até sagrado.

VIII

A família dos nossos anfitriões era esta: o próprio *ban* Kholuian, que já descrevi brevemente aos senhores: magro, venoso e de cambitos argilosos, jovem ainda, mas o tempo todo apoiado num pauzinho, que não largava nem por um minuto. Quando sentava, deixava o pauzinho sobre os joelhos. Diziam que ele tinha sido ferido certa vez num duelo, mas eu achava que ele tinha tentado assaltar o correio em alguma estrada, e o carteiro atirara nele. Depois isso se explicou de modo completamente diferente, e tudo ficou esclarecido, mas então já era tarde. No início, parecia um homem da sociedade, bem educado, unhas longas, brancas, e sempre com um lencinho de cambraia nas mãos. Para uma dama, aliás, além da educação, não prometia nada de interessante, pois a aparência era de um homem terrivelmente frio. A sua *kukona*, no entanto, era simplesmente como uma princesa de contos de fadas: não tinha mais de vinte e dois, vinte e três anos, estava na flor da idade, sobrancelha negra e fina, ossatura leve, e nos ombrinhos já despontava aquela primeira gordurinha com furinhos; e sempre tão bem-vestida, com mais frequência num tom bege ou branco, com bordados, e os pezinhos em sapatos floridos ornados de dourado.

Sem dúvida, teve início uma agitação nos corações. Entre nós, havia um oficial que chamávamos de Faublas,[22] porque era surpreendente como logo conseguia encantar as mulheres; se acontecia de passar em frente a uma casa onde estivesse sentada uma burguesinha jeitosa, ele dizia não mais que cinco palavras: "que meigos olhos de anjinho", e, de repente, estavam estabelecidas as relações. Eu próprio era devotado à beleza até a loucura. No final do almoço, vi que ele já tinha a fuça em brasa e os olhos como brocas.

Até o detive:

— Você está sendo inconveniente.

— Não aguento — respondeu —, e não me atrapalhe, eu a estou despindo em minha imaginação.

Depois do almoço Kholuian propôs montar uma banca.

Eu lhe disse: besteira! Enquanto isso, de repente, comecei a ter certos sonhos e subitamente notei que, em todos os outros, a fuça transformara-se em pedra de fogo e os olhos em broca.

Pois esse, dizem, é o sintoma inicial da maldita febre moldávia! Todos concordaram, com exceção de Faublas. Este ficou junto da *kukona* e conversou com ela até o final da tarde.

À noite, perguntamos:

— Como ela é, interessante?

Ele desatou a rir.

— Na minha opinião, a mãe ou o pai devia ser meio abobado, e ela, naturalmente, saiu a eles. Pouca capacidade de decisão: não sai de casa pra canto nenhum. É preciso considerar que tipo de vigilância mantêm sobre ela e de quem ela tem medo. As mulheres costumam ser indecisas e ineptas. É preciso pensar por elas.

---

[22] Sedutor de mulheres, herói do romance do escritor francês Louvet de Couvrai (1760-1796), *Amours du chevalier de Faublas*, traduzido para o russo no final do século XVIII. (N. da E.)

Quanto à vigilância, despertou-nos suspeitas não apenas o próprio Kholuian, mas também o irmão dele, que se chamava Antoni. Não se parecia nem um pouco com o irmão: tinha jeito de mujique, compleição forte, porém pernas finas e engraçadas. Por isso o apelidamos de "Antochka-perna-fina". O rosto também não tinha nada a ver com o do irmão. Um tanto simples, nem barbeado, nem penteado, mas largado e descuidado; no entanto, tivemos a impressão de que, apesar da simplicidade de cordeiro, nele havia um fiapo de pelo de lobo mau... Mas a surpresa foi que todas as nossas suspeitas mostraram-se infundadas: a *kukona* não ficava sob nenhum tipo de vigilância.

O modo de vida doméstico dos Kholuians era o mais surpreendente: como se intencionalmente adequado à nossa gente.

O fino Leonardo Kholuian, até a hora do almoço, não dava sinal de vida por nada, em lugar nenhum. Sabe lá o diabo onde se escondia! Diziam que não saía de casa, ficava sentado em cômodos internos distantes, fazendo uma coisa qualquer, ocupando-se talvez de literatura. Enquanto isso, Antochka-perna-fina, assim que levantava, saía para o campo com um pequeno cachorrinho, desbarrigado, e o dia todo também não era visto. Tudo de acordo com a ordem doméstica. Portanto, com melhores condições não podíamos nem sonhar.

Restava apenas predispor a *kukona* a nosso favor com conversas e outros procedimentos. Pensamos que isso não ia demorar e que Faublas o faria, mas, inesperadamente, notamos que o nosso Faublas não ganhava terreno. O tempo todo, tinha a aparência de quem segura um lobo pelas orelhas: não pode virá-lo para si, muito menos largá-lo; enquanto isso, já vê que as mãos intumescem e daqui a pouco vão perder a força...

Era visível que o rapazinho perturbava-se terrivelmente,

porque não estava acostumado ao fracasso e não apenas a nós, mas nem a si próprio conseguia explicar isso.

— O que é que há?

— *Parole d'honneur* — dizia —, não estou entendendo nada, a não ser que ela é muito estranha.

— Bem, é uma mulher rica, mimada, age por capricho, isso é bem natural.

A ordem da vida da nossa *kukona* era tal que ela não podia deixar de se entediar. Desde cedo até o almoço podíamos vê-la perambulando quase o tempo todo, e sempre sozinha ou então cuidando da mais estúpida das aves do mundo: a galinha, tarefa estranha para uma dama jovem, elegante e rica, mas se tinha essa extravagância, fazer o quê? Era evidente que não tinha nada para fazer: saía apenas de *négligé* branco ou cor de palha, sentava-se nas cerâmicas largas no extremo da varanda, sob o lúpulo verdejante, nos cabelos negros uma tulipa ou uma papoula viçosa, e nós podíamos contemplá-la o dia inteiro. Toda a sua ocupação consistia em ter sobre os joelhos uma pequena galinha, a sua preferida, de penas iridescentes, e em alimentá-la com milho debulhado. Era coisa certa que não tinha muita cultura e não encontrava em que gastar o tempo livre. Se ficava cuidando de galinhas, então era certo que se entediava muito, e, onde há mulher entediada, é lá que um cavalheiro pode entreter a dama. No entanto, nada dava certo, até manter uma conversa com ela era difícil, porque no final se ouvia apenas: "*chti, echti, moldovaniechti, kernechti*"[23] — umas dez palavras e não se entendia nada. E, em relação à mímica do amor, ela era terrivelmente desentendida. Faublas deu-se por vencido, mas se perturbava quando riam dele, dizendo que ele não podia competir com a galinha. Passamos nós todos a rodear

[23] Reprodução dos sons chiantes da pronúncia local. (N. da T.)

A fraude

a *kukona*, quem tivesse mais sorte que aproveitasse, mas nenhum de nós se afortunou. O homem abria-se em amor diante dela, enquanto ela olhava com os seus bugalhos negros ou então dizia algo do tipo *"chti, echti, moldovaniechti"* e nada mais.

Repugnava a qualquer um ver-se em situação tão estúpida, e até houve brigas, ódio e ciúme uns dos outros, implicâncias, ferroadas... Em resumo, tudo na maior falta de sossego, ora sonhávamos com ela, ora um ou outro a espiava em segredo. Enquanto isso, ela ficava sentada com aquela galinha e pronto. Desse modo, o dia inteiro espiávamos, a noite inteira bocejávamos, e o tempo voava, preparando-nos uma outra desgraça. Eu lhes disse que, já no primeiro dia, assim que o almoço terminara, Kholuian propôs montar-nos uma banca. Desde então, acontecia um jogo diariamente: depois do almoço cortávamos o baralho até meia-noite, e, fosse porque estávamos dispersos ou as cartas viciadas, muitos de nós já tinham conseguido torrar até o último copeque. Enquanto isso, Kholuian nos limpava, limpava diariamente, como se tosquiasse carneiros.

Perdemos tudo, depauperaram-se a nossa razão e a nossa tranquilidade, e não se sabe aonde iríamos parar se, de repente, não surgisse entre nós um novo rosto, que, talvez, tenha causado piores inquietações, mas que, no entanto, deu o impulso para o desfecho.

Veio ter conosco um funcionário comissionado, endinheirado. Era dos polacos, já de certa idade, mas um bom velhaco: latiu aqui, abanou o rabo ali e entendeu tudo, como vivíamos, quanto bocejávamos. Foi junto conosco almoçar na casa dos Kholuian, depois ficou para jogar cartas, mas para a *kukona* o espertalhão nem olhava. No dia seguinte, porém, disse de repente: "adoeci". Pegou febre moldávia, provavelmente. E veja o que inventou: nada de médico, chamou um padre para rezar pela sua saúde. Chegou o pope, um verdadeiro testa de barata, todo de preto, e começou a cantar muito estranhamente, pior do que um armênio. Dos armênios pelo menos entendemos duas palavras: "*Grigorios Armenios*", mas desse não se distinguia nada do que balbuciava.

E o polonês, velhaco, sabia um pouquinho da língua deles e começou a elaborar um tratado com o pope, de modo que ficaram amigos e bem satisfeitos um com o outro: o pope feliz porque o comissionado pagava bem, e aquele, por causa da reza, logo melhorou e aprontou uma que nos deixou de boca aberta.

À noite, quando, à luz de velas, todos montávamos a banca na sala, entrou o nosso comissionado; em vez de começar a jogar, disse: "adoeci de novo", e foi direto para a varanda, onde, na penumbra celestial, sobre o piso de cerâmica, estava sentada a *kukona*, e, de repente, os dois sumiram atrás de lúpulos densos, desapareceram na sombra escura. Faublas não se conteve, levantou-se às pressas, mas eles já navegavam na balsinha bem à frente, juntinhos, atravessando o golfo na direção de uma ilhazinha. Bem diante dos olhos dele, navegaram para longe e sumiram.

Enquanto isso, Kholuian, o canalha, nem sequer pestanejava. Embaralhava as cartas e olhava no apontamento quem já se arruinava em dívidas...

IX

Mas é preciso dizer que ilhazinha era aquela, para onde eles navegaram. Quando falei sobre a chácara, esqueci de dizer que lá, junto da propriedade, estava o melhor: justamente essa pequena ilhazinha, diante da varanda. Logo à frente da varanda havia um canteiro de flores, depois dele um pequeno golfo, depois uma ilhazinha, de pequena dimensão, pode-se dizer, como um bom pátio de uma casa senhorial.

A fraude

Toda ela coberta de madressilvas e variados arbustos floridos, em que havia muitos rouxinóis. O rouxinol ali era bom, não tão vigoroso como o de Kursk,[24] mas como o de Berdítchev.[25] A área da ilha era toda feita de montículos ou morrinhos, em um dos morrinhos fora construído um pequeno caramanchão e, no sopé, as lajes de uma gruta, lugar muito fresquinho. Ali colocaram um sofá antigo, em que se podia descansar, e uma grande harpa folheada a ouro, que a *kukona* tocava enquanto cantava. Pela ilha tinham sido espalhadas pequenas trilhas e, em certo ponto, do outro lado, um banco de terra gramado, de onde se tinha uma ampla vista da várzea. A comunicação entre o estreitozinho e a ilhazinha era feita por uma balsa pequena e encantadora. A balaustrada e tudo nela fora decorado de acordo com o gosto oriental, e no meio havia uma poltrona folheada a ouro. A *kukona* sentava-se nessa poltrona, pegava o remo multicor, com duas pás, e atravessava até a ilha. Uma segunda pessoa só podia ficar atrás da poltrona.

Essa ilha e a gruta nós chamávamos de "gruta de Calipso",[26] mas não íamos até lá, porque a balsinha da *kukona* ficava presa a uma corrente. Pois o comissionado tinha conseguido as chaves daquela corrente...

Nós, para falar a verdade, queríamos enchê-lo de pancada, mas era esperto, o canalha, e acalmou a todos.

— Senhores! — disse. — Não temos por que brigar. Eu

---

[24] O rouxinol é o pássaro mais querido do povo russo. Há muito o seu canto tem sido estudado e classificado. São considerados melhores os da parte central da Rússia, em especial da cidade de Kursk. Para elogiar um cantor, usa-se a expressão "rouxinol de Kursk". (N. da T.)

[25] Cidade ucraniana. (N. da T.)

[26] Ou seja, um lugar secreto; na mitologia grega, Calipso é uma ninfa do mar que vivia em uma gruta na ilha de Ogígia. Na *Odisseia*, de Homero, ela manteve Ulisses prisioneiro por sete anos. (N. da E.)

lhes mostrarei o caminho. Foi o pope quem me contou. Perguntei a ele: de que tipo é essa *kukona*? Ele disse: "muito boa, preocupa-se com os pobres". Eu peguei cinquenta notas e entreguei-lhe, em silêncio, para os pobres, e ela, também em silêncio, segurou-me pela mão e levou-me consigo para a ilha. Pode cortar a minha cabeça se eu estiver mentindo: leve na mão um embrulhinho de notas e, sem dizer nem uma palavra, terão a mesma sorte. A visão da lua é maravilhosa, a harpa tem um som doce, e eu já não posso mais me deliciar com isso, pois a obrigação do serviço me chama e amanhã os deixarei, mas os senhores ficarão.

Vejam que desfecho!

Ele partiu, e nós ficamos olhando um para o outro: quem podia sacrificar, em nome dos pobres da paróquia, cinquenta notas? Alguns se encorajaram: "logo, logo vou receber de casa", e outro também esperava de casa, mas, em casa, pelo visto, também havia pobres necessitados. Não mandavam nada para ninguém.

Mas, de repente, no meio daquilo tudo, o mais inesperado dos incidentes: Faublas arrancou a corrente que prendia a balsinha, navegou para lá sozinho e, na gruta, suicidou-se com um tiro.

Como é que foi acontecer uma coisa dessas?! Que pena do companheiro, e tudo uma estupidez... uma grande estupidez, no entanto o fato lamentável acontecera, e um dos bravos já não estava entre nós.

Faublas matou-se com um tiro, obviamente, por amor, mas o amor inflamou-se pela irritação da vaidade, uma vez que ele, com todas as mulheres de sua pátria, tinha se dado bem. Sepultaram-no como manda a praxe: com música; e para acalmar a sua alma todos, reunidos, bebiam e comentavam que isso não podia ficar assim, que nós, ali, com toda a nossa habitual simplicidade, íamos nos perder por completo. O major do batalhão, homem casado e sensato, disse:

A fraude

137

— Os senhores não se preocupem, eu já levei à chefia que não respondo pelo que pode acontecer se não sairmos desta chácara, e espero para amanhã uma nova ordem. Que fique o diabo aqui neste Kholuian! Maldita chácara e maldito anfitrião.

E todos nós sentíamos o mesmo e nos alegrávamos com a possibilidade de sair dali, mas a todos os senhores oficiais aborrecia sair de lá assim, sem castigar os canalhas.

Imaginavam pregar variadas peças aos Kholuian; pensavam em açoitá-lo ou barbeá-lo de algum modo engraçado, mas o major disse:

— Deus nos livre, senhores: peço-lhes que não haja absolutamente nada parecido com violência, e que os devedores, por gentileza, peguem emprestado onde for e acertem as contas com ele. Agora, se pensarem em alguma coisa inocente para desforrar a ofensa à nossa honra, então isso pode.

O difícil é começar, não havia como descobrir um modo de desforrar a ofensa à nossa honra.

O major disse, finalmente, que estava escondendo isso de nós, mas que já tinha no bolso a disposição oficial para avançar e que o dia seguinte seria o último da nossa graça naquele lugar; daí a dois dias, ao alvorecer, avançaríamos para outros pontos.

Nesse momento é que pipocou na minha cabeça uma ideia:

— Se partimos — disse eu — depois de amanhã, então amanhã será nossa última noite aqui, e, faça-me o favor, o Kholuian terá uma boa lição e não vai se vangloriar por aí de ter enrolado oficiais russos.

Alguns elogiaram, disseram: "bravo", mas outros não acreditavam e riam: "Ah, deixe disso! É melhor não mexer".

Eu respondi:

— Isso, senhores, é comigo: farei tudo por minha conta.

— Mas o que é que vai fazer?

— Isso é segredo meu.

— E Kholuian será castigado?

— Terrivelmente!

— E a nossa honra será vingada?

— Sem falta.

— Jure.

Jurei vingança à sombra de nosso infeliz amigo Faublas, que, de vontade própria, tinha se condenado a vagar solitário por aquele lugar maldito, e quebrei o meu copo no chão.

Todos os companheiros me apoiaram, incentivaram, encheram de beijos e, prestando juramento, beberam; apenas o major os conteve para que não quebrassem os copos.

— Isso — disse — é só uma farsa teatral e nada mais...

Cada um foi para o seu canto de muito bom humor. Eu estava muito confiante, pois o meu plano era excelente. Kholuian, em suas patifarias, ia ficar com cara de bobo.

X

Chegou o dia seguinte, o último de nossa graça pelo lugar. Recebemos o ordenado, pagamos absolutamente tudo que devíamos a Kholuian, e cada um ficou com tão pouco dinheiro que não precisava nem de porta-moedas. Comigo ficaram uns cem rublos e mais algum, ou seja, no dinheiro deles, naquela época, isso era pouco mais de dez notas. Mas, para mim, de acordo com o plano, ainda precisava pelo menos de quarenta notas. Onde ia arranjá-las? Os companheiros estavam sem, e também eu não ia querer deles porque já tinha outro plano. E coloquei-o em prática.

Chegamos para a derradeira noite na casa de Kholuian; ele estava muito cordial e convidou-me a jogar.

Eu disse:

— Teria prazer em jogar, mas estou sem prendas.

A fraude   139

Ele pediu que não me acanhasse, pegasse emprestado com ele da banca.

— Está certo — disse eu —, permita-me cinquenta notas.

— Faça a gentileza — disse ele e empurrou um montinho.

Peguei e larguei-as no bolso.

Confiava em nós, velhaco, como se todos fôssemos Cheremiétiev.[27]

Eu disse:

— Permita-me, eu não vou jogar agora, vou passear um minutinho ao ar livre — e saí para a varanda.

Atrás de mim, saíram correndo dois companheiros e disseram:

— O que você está fazendo: com que vai pagar?

Respondi:

— Não é assunto seu, não se preocupem.

— Não pode fazer isso — insistiam —, amanhã partiremos, sem falta terá de pagar.

— E pagarei.

— Mas e se perder?

— De qualquer modo, pagarei.

E menti para eles, dizendo que tinha nas mãos dinheiro do erário.

Eles se afastaram, enquanto eu fui correndo até a *kukona*, fiz-lhe um rapapé e dei-lhe o punhado de notas.

— Peço — disse eu — que a senhora aceite de mim para os pobres de sua paróquia.

Não sei como ela entendeu isso, mas, no mesmo instante, levantou-se e deu-me a mãozinha; nós circulamos o canteiro de flores, pegamos a balsinha e navegamos.

[27] Família aristocrata russa, símbolo de riqueza. (N. da T.)

XI

Sobre a parte da harpa não há nada notável a dizer; entramos na gruta, ela se sentou e tocou uma escocesa. Naquela época não havia ainda romanças inflamadas, como o "meu gatinho" ou "seu gatinho até a morte", mas sim escocesinhas, simples escocesinhas, ao som das quais só se pode dançar, só que nem se imagina o que estávamos prontos a fazer ao som delas. E assim foi também nessa caso, começou com a escocesa, depois *"liuli, liuli,* fomos *liulilar — ichka, ichka, moldavanichka"*, e então zás, tesouro na mão... Tudo em bom termo — e navegamos de volta.

XII

É preciso reconhecer: eu não escondo que estava em um estado de espírito muito sonhador, que não correspondia nem um pouco ao plano arquitetado por mim. Mas, os senhores sabem, beirava os trinta anos, e nessa época sempre começam os primeiros olhares para trás. Lembramos de tudo, como começa "a vida do coração", todas aquelas humildes centáureas em meio ao centeio da pátria distante, depois umas ucranianas e umas polonesas, em suas casinhas de campo, e de repente, com os diabos, a gruta de Calipso... e essa deusa... Como quiserem, há sobre o que lembrar... E de repente fiquei tão triste que deixei a *kukona* na solidão, trancando a corrente da balsinha, e sozinho entrei na sala que eu havia deixado quando eles montavam a banca, mas agora, em vez disso, havia uma briga, e que briga! Kholuian estava sentado, e os nossos oficiais todos de pé, alguns até com o quepe, de propósito, e todos numa algazarra, discutindo se o jogo dele era limpo. De novo ele ganhara de todos.

Os oficiais diziam:

— Nós vamos pagá-lo, mas, para falar a verdade, não lhe devemos nada.

Justamente na hora dessas palavras, entrei e disse:

— E eu também não estou devendo, as cinquenta notas que peguei emprestadas com o senhor já paguei à sua mulher.

Os oficiais confundiram-se terrivelmente, enquanto ele empalideceu de vergonha, branco feito um lençol, porque eu o tinha feito de bobo. Passou a mão nas cartas, trêmulo, e começou a gritar:

— Está mentindo! O senhor é um falso!

E logo, canalha, jogou as cartas em mim. Mas eu não me desconcertei e disse:

— Pois é, irmão, estou bem acima de trapaceiros — e zás: um bofetão nele.

Pois ele sacudiu aquele pau, e dele caiu uma espada de Toledo, e com ela o canalha partiu para cima de mim, queria atacar um homem desarmado!

Os companheiros não permitiram. Alguns o seguraram pelos braços, outros seguravam a mim. E ele gritava:

— Canalha! Nenhum de vocês nunca se encontrou com a minha mulher!

— Que nada, paizinho, deixe então que vamos provar, encontramos bastante a sua mulher!

— Onde? Quem?

Disseram-lhe:

— Deixe isso pra lá, não há o que discutir. Conhecemos muito bem a sua mulher.

E ele, em resposta a isso, disparou a gargalhar como um diabo, cuspiu, atravessou a porta e trancou-se a chave.

XIII

O que os senhores acham? Pois ele estava certo!

Os senhores não podem nem imaginar o que tinham aprontado ali para cima de nós. Esperteza em cima de esperteza, canalhice em cima de canalhice! Imaginem: acontece que a esposa dele, de fato, não tínhamos visto com nossos próprios olhos nem uma única vez! Será, hein, que ele nos considerava um tanto indignos da honra de conhecer a sua verdadeira família? No tempo todo de nossa estadia, ela ficara escondida naqueles cômodos afastados, aonde não íamos. E aquela *kukona*, por quem perdemos a cabeça, considerando felicidade beijar as suas mãozinhas e pezinhos, e por quem um até morreu, o diabo sabe quem era... apenas uma harpista de um café, que por uma nota se podia alugar para dançar com trajes de Eva... Ela foi emprestada do café para a nossa chegada, e ele tinha uma parte... E o próprio Kholuian, com o qual jogamos, não era Kholuian nenhum, apenas um trapaceiro contratado, enquanto o verdadeiro Kholuian era na verdade o Antochka-perna-fina, que todo o tempo saía para caçar com aquele cachorro desbarrigado... Ele tinha sido o *entrepreneur*[28] de todo o negócio! Isso sim era trapaceiro, que trapaceiro! Agora julguem por si mesmos, o que nós, oficiais, não sentimos naquela posição estúpida e por causa de quem? Tudo por causa de um imundo daqueles!

E eu, justamente, fiquei sabendo de tudo antes dos outros, porém já muito tarde, quando toda a minha carreira militar por causa dessa canalhice estava perdida, graças à estupidez de meus companheiros. Os senhores nossos oficiais

---

[28] Palavra francesa russificada no original (*antreprenior*): empreendedor. (N. da T.)

A fraude

ofenderam-se com o meu comportamento, acharam que eu tinha agido desonestamente, afinal entregara o segredo da dama ao próprio marido... Pois veja que estupidez! No entanto, exigiram que eu saísse do regimento. Eu não podia fazer nada: saí. Porém, quando eu passava pela cidade, um *jid* me revelou tudo.

Eu disse:

— Como é que pode? Por que o pope iria falar que com a sua *kukona* bastava o pretexto de dar dinheiro aos pobres?

— Isso é verdade — disse ele. — O pope apenas falou o que sabia da verdadeira *kukona*, aquela que estava nos cômodos, e não daquela porca que os senhores tomaram por castor.

Em resumo: um papelão de bobo. Eu sou um homem de compleição muito forte, mas fiquei tão abalado por isso que até a febre moldávia me pegou. Mal consegui me arrastar até a pátria, para o meio de nossos corações simples, e fiquei feliz por ter conseguido um posto de governador, numa cidadezinha de *jides*... Não quero negar: briguei com eles e não foi pouco, tenho de reconhecer que até com as próprias mãos dei lições, mas... graças a Deus, vivi minha vida e tive um pedaço de pão, até com manteiga; mas quando me lembro daquela febre moldávia, de novo começa a tremedeira.

E por causa dessa sensação desagradável, o narrador de novo desembrulhou o seu travesseiro, serviu um copo do líquido ametista com a inscrição "Até anacoretas aprovam" e proferiu:

— Bebamos, senhores, aos *jides* e ao fim dos romenos trapaceiros e maldosos.

— Por que não? Isso é bem original.

— Sim — replicou outro interlocutor —, mas não seria ainda melhor se nós, nessa noite em que nasceu o "Amigo dos pecadores", desejássemos "a todos o bem e a ninguém o mal"?

— Excelente! Excelente!

O militar concordou, disse: "*abgemacht*"[29] e virou o cálice.

(1883)

[29] Em alemão, no original: "está dito". (N. da T.)

ALEXANDRITA
(Um fato natural à luz do misticismo)

> "Em cada um de nós, cercado pelos mistérios do mundo, há uma inclinação ao misticismo, e alguns, em certo estado de espírito, encontram segredos ocultos lá onde outros, girando no turbilhão da vida, encontram tudo claro. Cada folhinha, cada cristal lembra-nos da existência, em nós próprios, de um laboratório misterioso."
>
> N. Pirogov[1]

I

Eu me permitirei fazer uma pequena comunicação sobre um cristal requintado, cujo descobrimento, nas profundezas das montanhas russas, está relacionado com a memória do finado soberano Aleksandr Nikoláievitch.[2] O assunto aqui é a bela e valiosa pedra de verde intenso que recebeu o nome de "alexandrita" em homenagem ao falecido imperador.

Serviu de motivo para darem esse nome ao mineral mencionado o fato de a pedra ter sido encontrada pela primeira vez em 17 de abril de 1834, dia em que Aleksandr II atingiu a maioridade. Descobriram a alexandrita nas minas de esmeralda dos Montes Urais, situadas a 85 verstas de Ekaterin-

---

[1] Nikolai Ivánovitch Pirogov (1810-1881), cirurgião e anatomista russo. (N. da T.)

[2] Aleksandr Nikoláievitch Románov (1818-1881), tsar Alexandre II ou Alexandre, o Libertador. Foi coroado em 1855. Enfrentou várias crises políticas e socioeconômicas. Promoveu reformas, entre elas a camponesa, em 1861, que aboliu a servidão. Morreu em março de 1881, em um atentado a bomba. (N. da T.)

burgo, ao longo do ribeirão Tokovaia, que desemboca no rio Bolchoi Rieft. O nome "alexandrita" foi dado a essa pedra pelo famoso cientista e mineralogista finlandês Nordenskiöld,[3] precisamente porque a pedra fora encontrada por ele, senhor Nordenskiöld, no dia da maioridade do falecido soberano. O motivo dado, creio eu, é suficiente para que não se busque nenhum outro.

Nordenskiöld renomeou o cristal encontrado de "pedra de Aleksandr", e assim ele se chama até hoje. No que se refere às características da sua natureza, sabe-se o seguinte:

A alexandrita (*Alexandrit, Chrisoberil Cymophone*), mineral valioso, é uma variedade de crisoberilo[4] dos Urais. Tem cor verde-escura, muito parecida com a cor da esmeralda escura. Sob iluminação artificial, perde esse colorido verde e adquire um tom framboesa.

"Os melhores cristais de alexandrita foram encontrados à profundidade de três braças, na lavra de Krasnobolotski.[5] Engastes de alexandrita são muito raros; cristais completamente bons são a maior das raridades e não excedem o peso de um quilate.[6] Em consequência disso, é muitíssimo raro encontrar-se uma alexandrita à venda, e alguns joalheiros, inclusive, a conhecem apenas de ouvir falar. Ela é considerada a pedra de Aleksandr II."

[3] Adolf Erik Nordenskiöld (1832-1901), doutor em mineralogia e geologia, pesquisador do Ártico, membro da Academia de Ciências da Suécia, professor da Universidade de Estocolmo, membro efetivo da Sociedade de Mineralogia de São Petersburgo a partir de 1866. (N. da E.)

[4] Terceiro mineral em grau de dureza. É encontrado muito raramente; descoberto nos montes Urais, na Rússia. (N. da E.)

[5] M. I. Piliáiev comenta que os mais puros cristais de alexandrita foram encontrados em 1839, justamente nestas lavras. (N. da E.)

[6] Considera-se um quilate precisamente o peso médio de um grão da alfarrobeira (0,0648 g.). (N. do A.)

Essas informações retirei do livro de Mikhail Ivánovitch Piliáiev, publicado pela Sociedade de Mineralogia de São Petersburgo, em 1877, com o título: *Pedras preciosas: características, lugares de ocorrência e uso*.

Ao que consta no artigo de Piliáiev sobre a localização da alexandrita, é preciso acrescentar que a raridade dessa pedra aumentou ainda mais por dois motivos:

1) a arraigada crença, entre os garimpeiros, de que onde se encontrou alexandrita já não adianta procurar esmeraldas; e

2) as minas de onde se retiraram os melhores exemplares da pedra de Aleksandr II foram inundadas pelas águas de um rio transbordado.

Dessa forma, peço observarem que muito raramente é possível encontrar a alexandrita entre joalheiros russos, e os joalheiros e lapidadores estrangeiros, como diz M. I. Piliáiev, "a conhecem apenas de ouvir falar".

II

Após o passamento trágico e profundamente triste do soberano,[7] cujo reinado trouxe cálidos dias primaveris para as pessoas de nosso tempo, muitos de nós, por um hábito bastante disseminado na sociedade humana, queriam ter do caro finado todas as "lembrancinhas" materiais que pudessem conseguir. Para isso, diversos veneradores do falecido soberano elegeram as coisas mais variadas; de preferência, por sinal, aquelas que podiam manter sempre consigo.

Alguns adquiriram retratos em miniatura do falecido

---

[7] Referência ao assassinato de Alexandre II. (N. da T.)

Alexandrita

soberano e encaixaram-nos na carteira ou no medalhão do relógio, outros entalharam em objetos de estimação os dias do seu nascimento e morte; terceiros fizeram ainda alguma outra coisa nesse gênero; e uns poucos, a quem os meios permitiam e aos quais se apresentava a oportunidade, adquiriram uma pedra de Aleksandr II, e com ela fizeram um engaste em um anel, para levar sempre essa lembrancinha e nunca tirá-la da mão.

Os anéis com alexandrita eram uma das lembrancinhas preferidas, além de serem uma das mais raras e, talvez, das mais características, e quem conseguia para si uma dessas, já não se separava dela jamais.

Anéis com alexandrita, no entanto, nunca houve em grande quantidade, uma vez que, como tão bem disse o senhor Piliáiev, bons engastes de alexandrita são raros e caros. E por isso, nos primeiros tempos, havia quem empregasse esforços extremamente grandes para encontrar uma alexandrita, mas, com frequência, não a achava por dinheiro nenhum. Contavam que essa demanda intensa teria até provocado experiências de falsificação de alexandrita, porém imitar essa pedra original revelou-se impossível. Toda imitação acaba por se entregar, sem falta, uma vez que a "pedra de Aleksandr II" apresenta um dicroísmo ou mudança de cor. De novo peço que se lembrem que a alexandrita à luz do dia fica verde e à luz artificial, vermelha.

É impossível conseguir isso com uma liga produzida.

III

Chegou a mim um anel com alexandrita, saído das mãos de uma das pessoas memoráveis do reinado de Aleksandr II. Eu o adquiri da maneira mais simples: comprei-o após a morte daquele que usava o artigo. O anel passou pelas mãos de um comerciante e chegou a mim. Serviu-me e, depois que o coloquei no dedo, com ele fiquei.

O anel tinha sido feito com muita criatividade e engenho, com um simbolismo: a pedra do falecido soberano Aleksandr II não estava sozinha, mas sim cercada de dois brilhantes puríssimos. Eles deviam representar aqui os dois feitos brilhantes do reinado passado: a libertação dos servos e o estabelecimento de um sistema judicial melhorado, que substituiu a antiga "injustiça negra".

A boa alexandrita, de colorido forte, tinha pouco menos de um quilate, enquanto cada brilhante tinha apenas meio quilate. De novo, evidentemente, a intenção disso era fazer com que os brilhantes, representantes dos feitos, não ocultassem a modesta pedra principal, que devia lembrar a própria pessoa do nobre autor dos feitos. Tudo isso tinha sido incrustado em ouro puro e liso, como fazem os ingleses, sem nenhum tipo de colorido ou adorno, para que o anel fosse uma recordação cara, mas não "cheirasse a dinheiro".

IV

No verão de 1884,[8] tive ocasião de visitar as terras tchecas. Tendo uma inquieta inclinação a me entusiasmar por diversos ramos da arte, lá me interessei um tanto por ourives locais e trabalhos de lapidaria.

Não são poucas as pedras preciosas em terras tchecas, mas todas elas têm pouco valor e, em geral, perdem em muito para as do Ceilão e para as nossas siberianas. É exceção apenas o piropo tcheco ou "granada de fogo", extraído dos

---

[8] Em 31 de julho, Nikolai Leskov partiu de Dresden para Praga. Em 2 de agosto, encontrava-se em Praga e no mesmo dia viajou para Viena. (N. da E.)

"campos secos" de Merunice. Granada melhor não há em lugar nenhum.

Entre nós, certa época, o piropo gozava de consideração, e antigamente era muito valorizado, mas hoje é quase impossível encontrar um piropo tcheco grande e bom em algum ourives da Rússia. Muitos nem têm ideia de como ele seja. Atualmente, entre nós, encontra-se em artigos baratos de ourivesaria ou a granada tirolesa opaca e escura ou a "granada aquífera", mas já não há o piropo grande, de fogo, oriundo dos "campos secos" de Merunice. Todos os melhores exemplares antigos dessa maravilhosa pedra de cor intensa, a maioria deles lapidada em rosa com facetas miúdas, foram açambarcados por estrangeiros a preços insignificantes e levados para fora do país, e os bons piropos recentemente encontrados em terras tchecas vão direto para a Inglaterra ou América. Lá os gostos são mais estáveis, e os ingleses admiram muito essa bela pedra, com o fogo misterioso nela encerrado ("fogo em sangue": *Feuer in Blut* em alemão), e a valorizam. Ingleses e americanos, a propósito, em geral gostam muito de pedras peculiares, como por exemplo o piropo ou a "pedra da lua", que, sob qualquer iluminação, irradia apenas uma única cor enluarada. Na brochura pequena, mas muito útil, *Regras da polidez e do bom-tom*, há inclusive a indicação dessas pedras como as mais merecedoras do gosto de um verdadeiro *gentleman*. Dos brilhantes lá se diz que "podem ser usados por qualquer um que tenha dinheiro". Na Rússia, quanto a isso, há outra opinião: entre nós, hoje, não prezam nem o simbolismo, nem a beleza, nem o enigma das cores surpreendentes da pedra e não desejam ocultar o "cheiro do dinheiro". Entre nós, ao contrário, valorizam exatamente aquilo "que aceitam na casa de penhores". Por causa disso, as assim chamadas pedras de apreciadores não têm saída e são desconhecidas de nossos atuais caçadores de preciosidades. Talvez até lhes parecesse surpreendente e inverossímil o fato de um belíssimo exemplar da granada de fogo ser considerado um dos melhores adornos da coroa austríaca e custar horrores.

V

Antes de uma viagem ao exterior, a propósito, recebi de um amigo de São Petersburgo a incumbência de trazer-lhe da Boêmia as duas melhores granadas que fosse possível encontrar entre os tchecos.

Procurei duas pedras de grandeza considerável e boa cor; mas uma delas, mais agradável pelo matiz, para minha indignação, tinha sido estragada por uma lapidação muito imperfeita e grosseira. Tinha a forma de um brilhante, mas a faceta superior era um tanto canhestra, cortada em linha reta, e por isso a pedra não tinha nem profundidade, nem brilho. O tcheco que me orientava no negócio, entretanto, aconselhara-me a levar essa granada e depois submetê-la a uma segunda lapidação por um famoso lapidador local, de nome Wenzel, que o meu guia dizia ser um excelente mestre na sua arte e, ainda por cima, muito original.

— É um artista, e não um artesão — disse o tcheco e contou-me que o velho Wenzel era cabalista e místico, e também, em parte, poeta inspirado e grande supersticioso, porém homem originalíssimo e, por vezes, até muitíssimo interessante.

— O senhor não o conhecerá em vão — disse o meu companheiro. — A pedra, para o vovô Wenzel, não é um ser sem alma, mas animado. Ele sente nela o reflexo da vida misteriosa dos espíritos das montanhas e, peço-lhe que não ria, estabelece relações misteriosas com eles através da pedra. Às vezes, ele conta sobre revelações recebidas, e as suas palavras fazem muitos pensarem que o pobre velho já não tem tudo em ordem debaixo do crânio. Já é muito velho e cheio de caprichos. Ele próprio agora raramente se põe a trabalhar; com ele trabalham seus dois filhos, mas se lhe pedem e se a pedra o agrada, então faz tudo sozinho. E se ele próprio fizer será magnífico, pois, repito, Wenzel é um grande artista em seu ofício, e ainda por cima inspirado. Há muito nos conhecemos e juntos tomamos cerveja no Jedliczka. Pedirei e espero que ele conserte a pedra para o senhor. Então essa será uma excelente aquisição, com a qual o senhor poderá melhor satisfazer àquele que fez o pedido.

Obedeci e comprei a granada; logo em seguida a levamos ao velho Wenzel.

VI

O velho vivia em uma das ruas sombrias, estreitas e espremidas do arrabalde judeu, perto de uma sinagoga histórica famosa.[9]

O lapidador era um velho alto, magro, um pouco arqueado, de cabelos longos completamente brancos e vivos olhos castanhos, cuja expressão indicava grande concentração, com um matiz de algo que se observa em pessoas doentes, tomadas de uma demência altiva. De coluna curvada, mantinha a cabeça erguida e olhava como um rei. Um ator que observasse Wenzel poderia usá-lo se caracterizar magnificamente de rei Lear.

Wenzel examinou o piropo comprado por mim e balançou a cabeça. Por esse movimento e pela expressão do rosto do velho podia-se entender que ele considerava a pedra boa, mas, além disso, o velho Wenzel levou as coisas de um jeito

---

[9] Refere-se à sinagoga Staronová, de estilo gótico, construída aproximadamente em 1270 e que se localiza no gueto judeu da Cidade Velha de Praga. (N. da E.)

que, já desde o primeiro minuto, embora todo o assunto fosse o piropo, o meu interesse concentrou-se, particularmente, no próprio lapidador.

Ele olhou a pedra por muito, muito tempo, mascando com os maxilares desdentados e, em sinal de aprovação, balançando a cabeça; depois segurou o piropo entre dois dedos, olhou-me fixamente, apertou e reapertou os olhos, como se tivesse comido a casca verde de uma noz e, de repente, declarou:

— Sim, é ele.

— É um bom piropo?

Em lugar de uma resposta direta, Wenzel disse que aquela pedra "ele havia muito conhecia". Eu conseguia me imaginar perfeitamente diante do rei Lear e respondi:

— Com isso fico desmedidamente feliz, senhor Wenzel.

A minha deferência agradou o velho; ele me indicou um banco, depois se aproximou tanto de mim que espremeu os meus joelhos com os seus e pôs-se a falar:

— Já nos conhecemos há muito tempo... Eu o vi ainda em sua terra natal, nos campos secos de Merunice. Naquela época, ele se encontrava em sua prisca simplicidade, mas eu o percebi... E quem poderia dizer que o seu destino seria tão terrível? Oh, o senhor pode ver nele como os espíritos das montanhas são cautelosos e perspicazes! Ele foi comprado por um ladrão suábio,[10] e a um suábio coube lapidá-lo. O suábio consegue vender bem uma pedra, porque tem um coração de pedra; mas, lapidar, o suábio não consegue. O suábio é um opressor, quer tudo à sua maneira. Não se aconselha com a pedra sobre aquilo em que ela pode se transformar, e o piropo tcheco é orgulhoso demais para responder a

---

[10] Falante do suábio ou originário da Suábia, atual região no sudoeste da Alemanha. (N. da T.)

um suábio. Não, ele não conversaria com um suábio. Não, nele e no tcheco há um mesmo espírito. O suábio não vai conseguir fazer dele o que lhe der na telha. Quiseram fazê-lo em rosa; pois o senhor pode ver (eu não vi nada), ele não se entregou. Oh, não! Ele é um piropo! Usou de subterfúgios, antes permitiu que os suábios lhe cortassem a cabeça fora, e eles cortaram.

— Pois é — interrompi eu. — Quer dizer, está morto.

— Morto?! Por quê?

— O senhor mesmo disse que lhe cortaram a cabeça fora.

O vovô Wenzel sorriu, penalizado:

— Cabeça! Sim, a cabeça é uma coisa importante, meu senhor, mas o espírito... O espírito é ainda mais importante que a cabeça. Acaso foram poucas as cabeças tchecas cortadas? Pois eles continuam vivos. Ele fez tudo o que podia fazer quando caiu nas mãos do bárbaro. Tivesse o suábio agido dessa forma vil com alguma pedra animal, uma pérola ou um "olho de gato", que hoje está na moda, deles não teria sobrado nada. Deles teria saído um reles botão, que restaria apenas jogar fora. Mas o tcheco não é desses, ele não se deixa triturar logo no pilão do suábio! Os piropos têm sangue de guerreiro... Ele sabia o que precisava fazer. Fingiu, como o tcheco sob os suábios, entregou a própria cabeça, mas escondeu o seu fogo no coração... Sim, senhor, foi isso! O senhor não está vendo o fogo? Não?! Pois eu o vejo: eis aqui o fogo denso e inextinguível da montanha tcheca... Ele está vivo e... por favor, desculpe-o: está rindo do senhor.

O próprio Wenzel pôs-se a rir, balançando a cabeça.

VII

Eu estava de pé, diante do velho que segurava na mão a minha pedrinha, e decididamente não sabia o que responder ao seu discurso fantasioso e pouco compreensível. E ele, ao que parece, compreendeu a minha dificuldade: pegou-me por uma mão, com a outra agarrou o piropo com as pontinhas de uma pinça, ergueu-o com dois dedos diante do próprio rosto e continuou, num tom de voz mais alto:

— Ele próprio é um rei tcheco, um prisco príncipe de Merunice! Ele sabia como fugir de ignorantes: diante dos olhos deles, transvestiu-se de limpa-chaminés. Sim, sim, eu o vi; eu vi o mascate judeu levando-o no bolso, e era por ele que o mascate escolhia outras pedras.[11]

Mas não foi para isso que ele ardeu no prisco fogo, para se perder como uma monstruosidade na bolsa de couro de um mascate. Ele se cansou de andar como limpa-chaminés, e veio até mim em busca de uma roupa radiante. Oh! Nós compreendemos um ao outro, e o príncipe das montanhas de Merunice mostra-se como príncipe. Deixe-o comigo, meu senhor. Passaremos um tempo juntos, trocaremos conselhos, e o príncipe se fará príncipe.

Com isso, bastante desrespeitosamente, Wenzel balançou a cabeça e, ainda menos respeitosamente, largou o prisco príncipe num prato imundo, sujo de moscas, onde havia algumas granadas de aparência de todo desagradável.

Não gostei disso e até cheguei a temer que o meu piropo se confundisse no meio de outros piores.

Wenzel notou isso e franziu a testa.

— Espere! — disse ele e, misturando com a mão todas as granadas do prato, inesperadamente jogou todas em meu

[11] Quando examinamos longamente pedras de uma única cor, o olho "emburrece" e perde a capacidade de distinguir as melhores cores das piores. Para restabelecer essa capacidade, os compradores de pedras levam consigo um regulador, ou seja, uma pedra cuja cor já lhes é conhecida pela qualidade. Ao compará-la com outra, ele logo vê a diferença de brilho e pode avaliar com correção o seu valor. (N. do A.)

Alexandrita

chapéu, depois virou o chapéu, e, enfiando a mão lá dentro, sem olhar, da primeira vez já retirou o "limpa-chaminés".

— Quer repetir isso cem vezes ou está satisfeito? Está satisfeito com uma vez só?

Ele sentia e distinguia a pedra pela densidade.

— Estou satisfeito — respondi.

Wenzel de novo lançou a pedra no prato e ainda mais orgulhosamente balançou a cabeça.

Com isso nos despedimos.

VIII

Em tudo o que dizia e em toda a sua figura, o velho lapidador tinha tanto de caprichoso e de particular, que era difícil considerá-lo uma pessoa normal, e, de qualquer modo, dele sentia-se um sopro de saga.

— Já pensou — veio-me à cabeça — se um grande amante de pedrarias como Ivan, o Terrível,[12] em sua época, tivesse se encontrado com um conhecedor de pedras tão original como esse?! Eis com quem o tsar conversaria à vontade, e depois, quem sabe, mandaria soltar seu melhor urso em cima dele. Em nossa época, Wenzel é uma ave perdida no tempo, uma carta fora do baralho. Em qualquer casa de penhor, provavelmente há conhecedores que lhe dedicariam pelo menos o mesmo desprezo que ele lhes devota. Quanto ele não me

[12] A coleção de pedras preciosas do tsar russo Ivan, o Terrível (1530-1584) era uma das melhores da Europa. Ele sabia avaliar pedras e as adquiria pelo mundo todo. Não apenas a grandeza e brilho, mas também as análises místicas e nebulosas feitas pelo tsar impressionavam aqueles que visitavam o tesouro real. Nas pedras, Ivan, o Terrível, via um dom de Deus e um segredo da natureza, colocados à disposição dos homens para uso e contemplação (R. G. Skrinnikov, *Ivan Grózni* [Ivan, o Terrível], Moscou, pp. 181-2). (N. da E.)

disse sobre uma pedra de vinte rublos! Prisco príncipe, cavaleiro tcheco, e depois ele próprio a lançou num prato sujo...

— Está claro, é louco.

Mas Wenzel, para contrariar, não saía da minha cabeça e pronto. Começou a me aparecer até em sonhos. Nós dois galgávamos as montanhas de Merunice e, sei lá por que motivo, nos escondíamos dos suábios. Os campos eram não apenas secos, mas também quentíssimos, e então Wenzel, ora aqui, ora acolá, agachava-se até o chão, punha as palmas das mãos no cascalho poeirento e murmurava-me: "Veja! Veja como está quente! Como elas ardem aqui! Em nenhum outro lugar há pedras assim!".

E sob a inspiração de tudo isso, a granada comprada por mim começou de fato a me parecer animada por "priscos fogos". Era só eu ficar sozinho, de imediato começava a vir à minha lembrança a viagem de Marco Polo lida na infância e ditos pátrios dos moradores de Nóvgorod "sobre pedras preciosas, úteis em várias situações". Vinha-me à lembrança como lia e me surpreendia com as pedras: "a granada que alegra o coração humano; de quem a porta consigo, ela endireita o fraseado e o pensamento e atrai o amor das pessoas". Mais tarde, tudo isso perde o significado, começamos a ver todos esses ditos como mera superstição, começamos a duvidar de que o "diamante amolece se deixado de molho em sangue de cabras", que o diamante "afasta sonhos maus", e que quem o porta consigo, caso "se aproxime de uma comida envenenada, começa logo a suar"; que a safira fortalece o coração, o rubi multiplica a felicidade, a lazulita abate a doença, a esmeralda cura os olhos, a turquesa protege contra quedas de cavalo, a granada incinera maus pensamentos, o topázio interrompe a ebulição da água, a ágata protege a castidade das donzelas, o bezoar debela qualquer tipo de veneno. Pois eis que me aparecia esse velho em desvairado delírio, e eu já estava pronto a delirar de novo com ele.

Alexandrita

IX

Ia dormir e sonhava com tudo isso... E como tudo era maravilhoso, denso, vivo, embora eu soubesse ser tudo absurdo. Não, não é absurdo, é o que qualquer avaliador de pedras de uma casa de penhor já sabe. Ah, sim, então não é absurdo. É uma avaliação... um fato...

Pois também isso, certa época, foi fato... O patriarca Nikon[13] realmente escreveu sobre isso ao tsar Aleksei,[14] queixando-se de seus desafetos. Queriam dar cabo dele e serviram-lhe uma comida com veneno mortal; o patriarca, porém, era precavido: levava consigo uma "pedra bezoar" e "o bezoar chupou fora o veneno". Longamente ele lambeu a pedra bezoar que ficava enfiada no seu anel; isso o ajudou bastante, e foram os seus desafetos que sofreram. Está certo que tudo isso aconteceu em priscas eras, quando tanto as pedras nas entranhas da terra quanto os planetas nas alturas celestes, todos eles se preocupavam com o destino do homem, e não atualmente, quando até nos céus há desgosto e sob a terra restou a indiferença fria pelo destino dos filhos dos homens e de lá não chegam vozes nem obediência. Todos os planetas, de novo descobertos, já não recebiam mais nenhuma atribuição nos horóscopos; há também muitas pedras novas, e todas são medidas, pesadas, comparadas em termos de peso específico e densidade, mas depois nada profetizam, não são úteis em nada. O seu tempo de falar ao homem já virou passado, agora são como "loquazes tribunos" que se transformaram

[13] Nikita Minov (1605-1681) foi escolhido patriarca da ortodoxia russa em 1652 e realizou reformas na igreja. Terminou a vida no degredo. (N. da E.)

[14] Aleksei Mikháilovitch Románov (1629-1676), coroado tsar em 1645. (N. da T.)

em "peixes mudos".[15] Com certeza o velho Wenzel desatinava, repetindo histórias antigas que se embaralhavam no seu cérebro debilitado.

Mas como me martirizou esse velho estrambótico! Quantas vezes não fui procurá-lo, e o meu piropo não só não estava pronto, como Wenzel nem mesmo se ocupara dele. O meu "prisco príncipe" ficava jogado no prato como um "limpa-chaminés", na companhia mais baixa e mais indigna dele. Se houvesse ainda que só um pingo de superstição, porém sincera, de que naquela pedra vivia um orgulhoso espírito da montanha, que pensa e sente, então tratá-lo de modo tão desrespeitoso também seria uma barbaridade.

X

Wenzel já não me interessava, e sim irritava. Não respondia a nada direito, e às vezes até parecia um pouco atrevido. Às minhas observações mais corteses de que havia tempo demais esperava um pequeno giro em sua roda de esmeril, ele, melancólico, limpava os dentes podres e começava a divagar sobre o que é uma roda e quantas rodas diferentes há no mundo. A roda do moinho do mujique, a roda da telega do mujique, a roda do vagão, a roda da carruagem vienense, a roda do relógio antes de Breguet e a roda do relógio depois de Breguet, a roda nos relógios de Denis Blondel e a roda do relógio de Louis Audemars...[16] Em resumo, só o diabo é que sabia aonde ia levar aquela falação, e, no final, acabava por dizer que era mais fácil forjar um eixo de car-

[15] Ambas as expressões entre aspas são trechos de um hino acatisto, cantado de pé no serviço religioso ortodoxo. (N. da T.)

[16] O personagem cita nomes que aperfeiçoaram o mecanismo dos relógios. (N. da E.)

Alexandrita

reta do que lapidar uma pedra, e por isso dizia: "espere, eslavo".

Perdi a paciência e pedi a Wenzel que me devolvesse a pedra como estava; em resposta a isso, o velho começou, amigavelmente:

— Mas como é possível? Para que esses caprichos?

Confessei que aquilo tinha me cansado.

— Ah-ah — respondeu Wenzel. — E eu que pensei que o senhor já tinha se transformado em suábio e queria deixar o príncipe tcheco como limpa-chaminés intencionalmente...

E Wenzel começou a gargalhar, de boca bem aberta, de modo que dela, por todo o cômodo, espalhou-se um cheiro de lúpulo e malte. Pareceu-me que o velho, naquele dia, bebera uma caneca a mais de cerveja *pilsen*.

Wenzel até começou a me contar uma bobagem qualquer: ele o teria levado para passear em Vinohrady, além da escadaria de Nusle. Ali teriam sentado juntos em uma colina árida, em frente da muralha de Carlos,[17] e ele teria revelado a Wenzel, afinal, toda a sua história, desde os "priscos dias", quando não havia nascido nem Sócrates, nem Platão, nem Aristóteles, e também não tinha acontecido nem o pecado de Sodoma nem o incêndio de Sodoma, até aquela primeira hora, quando ele se arrastara para fora da parede como um percevejo e rira de uma moça...

Wenzel parecia ter-se lembrado algo muito engraçado, de novo começou a gargalhar e de novo encheu o cômodo com o cheiro de malte e lúpulo.

— Pare, vovô Wenzel, não estou entendendo nada.

---

[17] Esta e as duas referências anteriores tratam das cercanias de Praga, da escadaria que leva ao castelo de Carlos IV (1316-1378). No interior desse castelo, há uma capela famosa, ornamentada com pedras semipreciosas. (N. da E.)

— Isso é muito estranho! — comentou ele, incrédulo, e contou que aconteciam casos de piropos magníficos encontrados simplesmente no reboco de paredes de isbás. A riqueza das pedras era tão enorme, que elas se lançavam à superfície da terra e iam parar na argila do estuque.

Provavelmente Wenzel tinha tudo isso na cabeça quando estava sentado no jardinzinho da cervejaria, junto às escadas de Nusle, e levou-o consigo a uma colina árida, onde pegou em um sono tranquilo e profundo e teve um sonho curiosíssimo: viu uma isbá tcheca, pobrezinha, nas montanhas de Merunice; nessa isbazinha, estava uma jovem camponesa, fiando lã de cabra com as próprias mãos, enquanto balançava com o pé um berço que, a cada movimento, tocava de mansinho a parede. O estuque descascava aos poucos e caía em forma de pó... foi então que "ele despertou". Ou seja, despertou não Wenzel, nem o bebê que estava no berço, mas ele, o prisco príncipe rebocado no estuque... Despertou e deu uma espiadinha lá fora para se deleitar com o melhor espetáculo da terra: uma jovem mãe, que fia e embala o filho...

A mãe tcheca percebeu a granada à luz e pensou: "eis um percevejo", e para que o inseto nojento não picasse o seu filhinho, bateu nele com o seu sapato velho com toda a força. Ele se soltou da argila e rolou pelo chão; então ela percebeu que era uma pedra e vendeu-a a um suábio por um punhado de grãos de ervilha. Tudo isso foi naquela época em que um grão de piropo custava um punhado de ervilha. Foi antes de acontecer o que está descrito nos milagres de São Nicolau, quando um piropo foi engolido por um peixe e apanhado por uma mulher pobre, e esta enriqueceu com o achado...

— Vovô Wenzel! — disse eu. — Desculpe-me, o senhor está contando coisas muito curiosas, mas não tenho tempo de ouvi-las. Partirei depois de amanhã bem cedo, e por isso amanhã venho pela última vez pegar de volta a minha pedra.

— Excelente, excelente! — respondeu Wenzel. — Venha

Alexandrita

amanhã ao anoitecer, quando começarem a acender as luzes: o limpa-chaminés o receberá como príncipe.

XI

Cheguei bem na hora combinada, quando já tinham acendido as velas, e dessa vez o meu piropo estava realmente pronto. Nele o "limpa-chaminés" tinha desaparecido, e a pedra absorvia e expelia de si feixes de fogo denso, escuro. Wenzel, seguindo certa linha invisível, havia tirado as extremidades da faceta superior do piropo, e o seu meio erguera-se como um capucho. A granada adquirira cor e cintilava: nela de fato ardia num fogo inextinguível uma gota encantada de sangue.

— E então? Que tal o nosso valente guerreiro?! — exclamou Wenzel.

Eu, na verdade, não me cansava de contemplar o piropo e queria expressar isso a Wenzel, mas, antes que eu conseguisse expressar uma palavra sequer, o velho sábio aprontou uma das suas, inesperada e estranhíssima: de repente, agarrou-me pelo anel com a alexandrita, que agora, sob a luz, estava vermelha, e pôs-se a gritar:

— Meus filhos! Tchecos! Depressa! Vejam só, eis aqui aquela pedra russa profética da qual lhes falei! Siberiana astuta! O tempo todo estava verde como a esperança, mas agora, com a aproximação do anoitecer, banhou-se de sangue. Desde priscas eras ela é assim, mas escondeu-se o tempo todo, no seio da terra, e permitiu que a encontrassem apenas no dia da maioridade do tsar Aleksandr, quando um grande feiticeiro, mago, bruxo, foi à Sibéria procurar por ela.

— O senhor está falando asneiras — interrompi. — Essa pedra não foi encontrada por um feiticeiro, foi por um cientista: Nordenskiöld!

— Feiticeiro! Estou dizendo: feiticeiro! — pôs-se a gritar Wenzel bem alto. — Veja só que pedra! Nela a manhã é verde e a noite sangrenta... É o destino, é o destino do nobre tsar Aleksandr!

E o velho Wenzel voltou-se para a parede, apoiou a cabeça no braço e... pôs-se a chorar.

Os seus filhos ficaram ali, imóveis, calados. Não só para eles, mas até para mim, que há tanto tempo via constantemente, em minha própria mão, a "pedra de Aleksandr II", era como se ela, de repente, estivesse cheia do profundo sentido das coisas, e o meu coração apertou-se de tristeza.

Quer queiram, quer não, o velho viu e leu na pedra algo que parecia já existir nela, mas que, antes dele, nunca se manifestara aos olhos de ninguém.

Eis o que às vezes significa olhar uma coisa com o espírito extraordinário da fantasia!

(1884)

Alexandrita

A PROPÓSITO DE *A SONATA A KREUTZER*

> "Toda moça é moralmente superior ao homem por ser incomparavelmente mais pura do que ele. Ao casar-se, ela é sempre superior ao marido. A moça continua superior ao marido também ao tornar-se mulher no nosso cotidiano."
>
> Lev Tolstói[1]

I

Sepultavam Fiódor Mikháilovitch Dostoiévski.[2] O dia era inóspito e sombrio. Eu não me sentia bem, e com grande esforço acompanhei o caixão até os portões do Mosteiro Niévski. Ali comprimia-se uma multidão. Em meio ao aperto, ouviam-se gritos e gemidos. O dramaturgo Aviérkiev[3] erguera-se acima da multidão e gritava algo. A sua voz soava forte, mas não era possível distinguir as palavras. Alguns diziam que ele impunha ordem e o elogiavam por isso, enquanto outros se irritavam. Sobrei entre os que não foram admitidos no interior dos muros e, não vendo razão para continuar ali, a distância, voltei para casa, bebi um chá quente e adormeci. Por causa do frio e das diversas impressões, sentia-me muito cansado, e dormi tão pesada e longamente que

---

[1] A epígrafe deste conto foi parafraseada de uma das versões litográficas da novela de Lev Tolstói, *A Sonata a Kreutzer*, e não se encontra na versão definitiva, publicada em 1891. (N. da E.)

[2] Fiódor Mikháilovitch Dostoiévski foi enterrado em 31 de março de 1881 no cemitério do Mosteiro Aleksandr Niévski, em São Petersburgo. (N. da E.)

[3] Dmitri Vassílievitch Aviérkiev (1836-1905), escritor e dramaturgo russo. (N. da E.)

não me levantei para o almoço. E almoço nesse dia nem cheguei a provar, pois, às muitas impressões, ainda veio juntar-se, inesperadamente, uma outra, nova e muito perturbadora para mim.

No crepúsculo cerrado, fui acordado por minha jovem criada, dizendo que uma dama desconhecida me esperava, que ela não queria ir embora e pedia com insistência para ser recebida. Visitas femininas a meus pares, velhos escritores, são coisa bastante normal. Não são poucas as donzelas e damas que nos procuram para pedir conselhos sobre suas experiências literárias ou que esperam de nós algum tipo de ajuda para arranjar o negócio com redações delas desconhecidas. Por isso, a chegada da dama e, inclusive, a sua insistência, não me surpreenderam nem um pouco. Quando o desgosto é grande, e a necessidade imperiosa, não se admira fazer-se insistente.

Eu disse à criada que convidasse a dama ao gabinete e comecei a me aprontar. Quando entrei no cômodo, sobre a mesa grande estava acesa a lâmpada de trabalho. Ela iluminava a mesa fortemente, mas o recinto permanecia na penumbra. A dama desconhecida que me visitava dessa vez era-me realmente desconhecida.

Quando a busquei com os olhos para lhe pedir que se sentasse na poltrona, pareceu-me que ela evitava as partes iluminadas do recinto e tentava manter-se nas sombras. Isso me surpreendeu. Pessoas um pouco tímidas e inexperientes às vezes fazem cerimônia e envergonham-se dessa maneira, porém mais surpreendente de tudo me parecia o seu estado de agitação, que de algum modo se podia sentir e se transmitia a mim. Ela se vestia com beleza e discrição, tudo era caro e elegante: um maravilhoso casaco de veludo, que não tirara na entrada e com que ficou durante todo o tempo da nossa conversa; um chapeuzinho preto elegante, pelo visto um modelo de Paris e não de fabricação russa; e um véu preto dobrado, amarrado atrás de tal forma que eu podia ver apenas o queixo alvo, arredondado e, às vezes, o brilho dos olhos através da malha dupla do véu. Em lugar de apresentar-se e explicar o motivo da visita, ela começou por me dizer:

— Posso confiar em que o senhor não está nem um pouco interessado em descobrir o meu nome?

Respondi-lhe que podia confiar inteiramente nisso. Então pediu-me que sentasse na poltrona diante da lâmpada, sem cerimônia moveu o círculo de tafetá verde do abajur de modo que toda a luz passasse a cair sobre mim e deixasse o seu rosto oculto; ela própria sentou-se à outra extremidade da mesa e perguntou-me:

— O senhor é sozinho?

Respondi que ela não havia se enganado: era sozinho...

— Posso conversar com o senhor francamente?

Respondi que, se votava-me confiança, então eu não via nada que pudesse impedi-la de falar como bem quisesse.

— Estamos sós aqui?

— Completamente sós.

A dama levantou-se e deu dois passos na direção do outro cômodo, onde ficava a minha biblioteca e, mais além, o quarto. Na biblioteca, naquele momento, estava aceso um lampião baço, que permitia enxergar o cômodo inteiro. Eu não me movi do lugar, mas, para acalmá-la, disse-lhe que, como podia perceber, não havia ninguém em casa, com exceção da criada e uma pequena orfãzinha, que não podia desempenhar nenhum papel nas suas reflexões. Então ela se sentou de novo em seu lugar, moveu outra vez o círculo verde e disse:

— O senhor me desculpe, estou muito agitada... e o meu comportamento pode parecer estranho, mas tenha piedade de mim!

A sua mão, que se estendia de novo para o círculo de tafetá do abajur, estava envolta em uma luva preta de pelica

A propósito de *A Sonata a Kreutzer*

e tremia fortemente. Em vez de responder, convidei-a a beber um pouco d'água. Ela me deteve e disse:

— Não é preciso, não estou tão nervosa, vim procurar o senhor porque esse enterro... essas correntes... esse homem, que me causou essa impressão extraordinariamente forte, desconcertante, esse rosto e a lembrança de tudo que tive ocasião de contar duas vezes na vida confundiram todos os meus pensamentos. O senhor não deve ficar surpreso por eu ter vindo visitá-lo. Vou contar-lhe por que fiz isso — não tem a menor importância se não somos conhecidos —, eu o li muito, e foi-me tão simpático e próximo, que agora não posso deixar de ceder à necessidade de lhe falar. Talvez o que pensei fazer seja uma enorme bobagem. Eu quero antes saber a sua opinião sobre isso, e o senhor deve responder com sinceridade. O que o senhor me aconselhar, eu farei.

A voz de contralto vibrava, e as mãos, para as quais ela não encontrava lugar, tremiam.

II

No decorrer da minha vida literária, visitas e abordagens desse tipo aconteciam, embora não com frequência, mas aconteciam.

As mais comuns vinham de pessoas de temperamento político, as quais era bastante difícil acalmar, e ajudar tornava-se duplamente arriscado e desagradável, ainda mais que, nesses casos, nunca sabemos muito bem com quem estamos lidando. Dessa vez, veio-me à mente, antes de mais nada, que a dama também estava agitada por paixões políticas e tinha uma ideia que, por infelicidade, decidira me confiar; o preâmbulo da conversa era muito parecido com isso, e assim eu lhe disse, contrariado:

— Não sei sobre o que a senhora vai falar. Eu não ouso

prometer-lhe coisa alguma, mas já que os seus próprios sentimentos trouxeram-na até aqui pela confiança despertada por minha vida e reputação, então não perturbarei de modo algum o que quer me comunicar, pelo visto, em segredo.

— Sim — disse ela —, em segredo, segredo absoluto, e tenho certeza de que o guardará. Escusa repetir-lhe por que é necessário guardá-lo, eu sei o que o senhor sente, não posso estar assim tão enganada: o seu rosto fala-me melhor do que quaisquer palavras e, além disso, não tenho escolha. Repito: estou pronta a fazer algo que em um minuto me parece honesto e, logo em seguida, uma grosseria; a escolha deve ser feita agora, neste minuto, e isso depende do senhor.

Eu não tinha dúvidas de que a isso se seguiria uma confissão de caráter político e, contrariado, disse:

— Sou todo ouvidos.

Apesar do véu duplo, sentia em mim o olhar fixo da minha visitante, que, observando-me atentamente, pronunciou com firmeza:

— Sou uma esposa infiel! Estou traindo o meu marido.

Para minha vergonha, devo dizer que, diante dessa revelação, do meu coração despencou um grande peso; a política, pelo visto, não tinha nada que ver com o negócio.

— Estou traindo um marido bom e maravilhoso — isso vem acontecendo há seis... mais!... eu tenho de dizer a verdade, senão nem vale a pena falar: isso vem acontecendo há oito anos... e vem acontecendo... ou não, começou no terceiro mês de casamento; mais vergonhoso do que isso não há nada no mundo! Não sou velha, mas tenho filhos, o senhor compreende?

Balancei a cabeça afirmativamente.

— O senhor compreende o que isso significa? Duas vezes na vida, como vim aqui, fui à casa desse que... sepultamos e cuja morte muito me tocou... para confessar-lhe os meus sentimentos; na primeira vez, ele foi rude comigo; na outra,

A propósito de *A Sonata a Kreutzer*

terno como um amigo. Como isso... não se parece nem um pouco com aquele estado em que eu me encontrava quando o procurei, e, finalmente, eu queria que o senhor me desse aquele conselho de que preciso. Pior do que tudo no mundo é a mentira, eu sinto isso, acho que é melhor confessar a própria infâmia e suportar o castigo, ser humilhada, destruída, jogada na rua; eu não sei o que pode acontecer comigo... sinto uma necessidade premente de chegar e contar tudo ao meu marido; sinto essa necessidade há seis anos. Desde o começo do meu crime, passaram-se dois anos em que não vi... esse homem; depois começou de novo e está como antes... por seis anos, preparei-me para contar e não contei, mas agora há pouco, quando seguia o caixão de Dostoiévski, senti vontade de pôr um fim em tudo hoje mesmo, do modo como o senhor me aconselhar.

Fiquei em silêncio porque não entendera nada da história e não podia decididamente dar conselho algum; ela captou isso no meu rosto.

— O senhor precisa saber mais, é claro, eu não vim brincar de adivinhação: se é para dizer, então é para dizer tudo. O caso é que eu estaria mentindo descaradamente se tentasse me justificar. Não conheci nenhuma pobreza, nasci na abastança e vivo na abastança. A natureza não me negou a parte da razão, deram-me uma boa educação, tive a liberdade de fazer a escolha do meu marido, portanto não tenho do que reclamar; casei-me com um homem que não manchou em nada a sua boa reputação até este minuto, ao contrário... A minha situação era excelente quando esse homem... isto é, eu queria lhe dizer: o meu marido, o meu marido legítimo... me fez a proposta. Parecia que eu gostava dele, e pensei que pudesse amá-lo, mas, em todo o caso, não imaginei que fosse capaz de traí-lo, e muito menos de traí-lo da forma mais infame, mais baixa, e gozar da reputação de mulher honesta e boa mãe, uma vez que não sou honesta e, provavelmente,

172   Nikolai Leskov

sou uma mãe vil, e fui levada à traição pelo próprio diabo; se o senhor quer saber, eu creio no diabo... Na vida, muitas coisas dependem das circunstâncias; dizem que nas cidades está a imundície, no campo, a pureza; mas foi justamente no campo que aconteceu, porque lá fiquei a sós, frente a frente, com esse homem, com esse homem maldito, trazido e deixado aos meus cuidados por meu próprio marido. Eu devia me arrepender, se o arrependimento não fosse inútil, devia me arrepender para sempre desse comportamento, ao qual fui levada pelo meu marido, mas o caso é que a partir dele não me lembro de mais nada, lembro-me apenas da tempestade, da terrível tempestade, que sempre temi desde a infância. Naquela época eu não o amava, apenas senti muito medo, e quando um raio nos iluminou na sala enorme, de susto, segurei-lhe a mão... e novamente não me lembro... depois isso continuou... depois ele partiu em uma viagem de navio ao redor do mundo, voltou e tudo começou de novo: agora quero que termine, e desta vez para sempre. Mais de uma vez desejei isso, mas sempre me faltou força de vontade para suportar. A decisão que eu tomava desfazia-se completamente uma hora depois de ele aparecer, e o pior de tudo — não quero esconder nada — é que eu própria era a causa e não ele, eu própria, compreende, eu própria me manifestava e conseguia e ficava furiosa quando era difícil conseguir — e se eu levar isso adiante, então o engano, a minha humilhação nunca terá fim...

— E então, o que a senhora deseja fazer? — perguntei.

— Eu quero contar tudo ao meu marido e quero fazer isso hoje, sem falta, logo que sair daqui e chegar em casa.

Perguntei que tipo de homem era o seu marido e qual era o seu caráter.

— O meu marido — respondeu a dama — goza da melhor reputação, possui um bom cargo e recursos suficientes; todos o consideram um homem honesto e nobre.

A propósito de *A Sonata a Kreutzer*   173

— A senhora compartilha dessa opinião? — perguntei.

— Não completamente, atribuem-lhe coisas demais; ele é sistemático e digno demais, nele há pouco do que se costuma chamar de coração, por mais estúpido que seja esse nome, que lembra a assim chamada alma da música, mas não consigo encontrar outro; os movimentos do seu coração são todos corretos, determinados, exatos e invariáveis.

— E o outro, o que a senhora ama?

— O que dizer dele?

— Inspira-lhe respeito?

— Oh! — exclamou a dama, erguendo a mão.

— Não compreendo muito bem, o que devo pensar desse gesto?

— O senhor deve pensar que esse é o egoísta mais desalmado e imprestável, que não inspira respeito a ninguém e nem sequer se preocupa em inspirar o menor respeito que seja.

— A senhora o ama?

Ela mexeu os ombros e disse:

— Amo. Sabe, essa é uma palavra estranha, que está nos lábios de todos, mas muito poucos a compreendem. Amar é o mesmo que ser predestinado à poesia, à retidão. Mas muito poucos são capazes desse sentimento. As nossas camponesas, em lugar da palavra "amar", usam "ter pena"; elas não dizem: "ele me ama"; elas dizem: "ele tem pena de mim". Na minha opinião, isso é muito melhor, e aqui há mais do que uma simples definição; *amar* — *ter pena* — significa: amar no sentido corriqueiro. E há o querer: dizem o meu querido, o meu estimado, querido... compreende? Querer...[4]

---

[4] Leskov faz um trocadilho com os verbos "*jaliet*" (ter pena) e "*jelat*" (desejar, querer). (N. da T.)

Ela parou, ofegante; ofereci-lhe um copo de água que, desta vez, ela pegou das minhas mãos, sem se afastar e, pelo visto, ficou muito agradecida por eu não a sondar com o olhar.

Nós dois ficamos em silêncio; eu não sabia o que dizer, e ela havia esgotado toda a torrente de confidências. Aparentemente, dissera tudo de importante e adiante faiscavam apenas pormenores. Como se adivinhasse com precisão o meu pensamento, ela falou em voz baixa:

— Portanto se me disser que devo contar isso ao meu marido, assim o farei; mas quem sabe o senhor possa me dizer alguma outra coisa? Além daquilo que me inspira simpatia e confiança na sua pessoa, no senhor há um senso prático, eu sou uma atenta leitora sua; nós, mulheres, sentimos o que não sentem os críticos profissionais. O senhor pode, se quiser, falar com toda a franqueza: se devo ou não ir para casa e revelar todo o meu pecado vergonhoso e prolongado ao meu marido.

III

Apesar do interesse da história, eu sentia a dificuldade da minha situação. Embora dar a resposta que a minha visitante exigia fosse muito mais fácil do que acalmar um político ou prestar-lhe o favor solicitado, ainda assim, a minha consciência percebia-se convocada a resolver um assunto muito sério. Eu já vivera bastante e vira muitas mulheres que, com muita arte, escondiam pecados dessa espécie ou, se não os escondiam, também não os reconheciam. Eu vira ainda duas ou três mulheres francas e lembrava-me de que sempre me pareciam nem tanto sinceras, mas muito mais cruéis e afetadas. Sempre me pareceu que, quanto a toda essa sinceridade, a mulher podia esperar um pouco e refletir bem, antes de anunciar o seu crime a quem ele poderia impor enorme sofrimento. A mim nunca importou como a sociedade nobre reage à vida particular de quem quer que seja. Não o mundo, mas a pessoa em si: eis o que me é caro, e, se for possível não provocar sofrimento, para que provocá-lo? Se a mulher é um ser humano exatamente como o homem, se tem os mesmos direitos como membro da sociedade e se lhe são permitidas essas mesmas sensações, esse mesmo sentimento humano que se permite ao homem — como Cristo nos dá a entender, como diziam as melhores pessoas de nosso século, como diz hoje Lev Tolstói,[5] e no que eu percebo uma verdade incontestável —, então por que o homem que viola o preceito do pudor perante a mulher à qual deve fidelidade, cala-se, cala-se sobre isso, consciente da própria falta, e às vezes consegue reparar a indignidade das suas paixões e por que a mulher não pode fazer o mesmo? Estou convencido de que ela pode. Não existe nenhuma dúvida de que o número de homens infiéis supera o de mulheres, e elas sabem disso; não existe nenhuma, ou quase nenhuma, mulher sensata que, após uma separação mais ou menos longa do marido, nutra a confiança de que, durante todo o tempo distante, o marido permaneceu-lhe fiel. Mas, ainda assim, quando ele retorna, ela o perdoa com tanta generosidade que o perdão consiste em nem lhe pedir explicações, e a franqueza seria para ela não um favor, mas um desgosto; seria um procedimento revelador do que ela não quer saber. Nessa ignorância, ela encontra a força para continuar as relações como se tivessem sido interrompidas por acaso. Reconheço que, nas minhas reflexões, entra muito

---

[5] No início de *A Sonata a Kreutzer*, em uma discussão durante uma viagem de trem, uma senhora diz ao seu interlocutor: "Sim, mas eu penso que o senhor vai concordar comigo que a mulher também é gente e tem sentimentos, como o homem". Tradução de Boris Schnaiderman (São Paulo, Editora 34, 2007). (N. da T.)

mais senso prático do que filosofia abstrata e moral elevada; contudo, sou inclinado a pensar como penso.

Nesse sentido, continuei a conversa com a minha visitante e perguntei-lhe:

— As más qualidades do homem que a senhora ama provocam-lhe algum tipo de repulsa?

— Muito forte e muito constante.

— Mas a senhora tenta, às vezes, justificar as ações dele?

— Infelizmente, isso é impossível: para ele não há justificativa alguma.

— Então permito-me perguntar: pois bem, a sua indignação com ele está sempre no mesmo nível ou às vezes diminui, às vezes aumenta?

— Ela aumenta constantemente.

— Agora lhe pergunto; a senhora me permite perguntar?

— Por favor.

— Neste minuto, enquanto está sentada aqui na minha casa, onde está o seu esposo?

— Em casa.

— O que ele está fazendo?

— Dormindo, no gabinete.

— E depois, quando se levantar?

— Ele se levanta às oito horas.

— E o que ele faz?

A minha visitante sorriu.

— Ele toma banho, veste o paletó e vai ao quarto das crianças, joga meia hora de bisca, depois os criados trazem o samovar, do qual eu lhe sirvo um copo de chá.

— Aí está — disse eu —, um copo de chá, o samovar e o abajur doméstico: coisas maravilhosas, em torno das quais nos reunimos.

— Muito bem dito.

— E isso transcorre mais ou menos de forma agradável?

— Sim, para ele, eu acho.

A propósito de *A Sonata a Kreutzer*

— Desculpe-me; nesse assunto, que a senhora houve por bem me revelar, só ele tem direitos, é nele que devemos pensar, não as crianças, que podem, e até devem, não saber de nada nunca, e nem na senhora, é claro, pois foi a senhora quem causou sofrimento ao marido, além disso ele é a vítima. Por isso, é preciso pensar nele, para que ele não sofra, então imagine que, em lugar de tomar o chá, como de hábito, e talvez depois de beijar a sua mão com respeito...

— E?

— Então, depois disso, quando ele for se ocupar dos negócios... depois de jantar e tranquilamente lhe desejar boa noite... em lugar disso tudo, ele vai ouvir a sua confissão, pela qual ficará sabendo que, por toda a vida, desde o primeiro mês ou até desde o primeiro dia de matrimônio, envolveu-se nesse quadro sem sentido. Diga-me, causar-lhe-ia bem ou mal com isso?

— Não sei; se soubesse, se conseguisse me decidir, então não estaria aqui e não conversaria sobre isso. É ao senhor que peço um conselho, como devo proceder?

— Conselho não posso dar, mas posso expressar a opinião que formei. No entanto, para que ela tome diante dos meus olhos uma forma definida, eu me permito propor-lhe mais uma pergunta... Nas pessoas, os sentimentos nunca permanecem em um mesmo nível... A sua antipatia pelo outro costuma enfraquecer?

— Não, ela se acentua!

Ela exclamou isso com dor no coração e até pareceu que ia se erguer, querendo se esquivar daquilo que eu conseguia imaginar. Embora não visse o seu rosto, eu sentia que ela sofria terrivelmente, e o seu sofrimento chegava a tal grau, que não podia mais prosseguir sem um desfecho.

— Então — disse-lhe eu —, condena-o cada vez com mais rigor...

— Sim, cada vez com mais frequência...

— Ótimo — disse eu —, agora permito-me dizer-lhe que considero sensato que volte para casa e sente-se diante do samovar exatamente como fazia antes.

Ela escutou calada; os seus olhos fitavam-me, e eu percebi o seu brilho através do veuzinho, percebi como o seu coração batia forte e acelerado.

— O senhor aconselha-me a prosseguir com a minha dissimulação?

— Não aconselho, mas acho que assim será melhor para a senhora, para ele e para os seus filhos, que, de todo modo, são seus filhos.

— E por que melhor? Isso quer dizer protelar eternamente!

— É o melhor, porque com a franqueza tudo seria pior, e essa eternidade a que se refere seria ainda mais triste do que imagina.

— A minha alma seria purificada pelo sofrimento.

Pareceu-me que eu via a sua alma: era uma alma viva, impetuosa, mas não dessas que o sofrimento purifica. Por isso, nada respondi sobre a alma e novamente lembrei-lhe os filhos.

Ela apertou tanto as mãos, que os dedos estalaram, e inclinou a cabeça silenciosamente.

— E como será o fim dessa minha epopeia?

— Bom.

— Com que o senhor conta?

— Com o fato de que o homem que a senhora ama ou, segundo as suas próprias palavras, não ama, mas com o qual a senhora se acostumou... vai se tornar cada dia mais odioso.

— Ah! Eu já o odeio tanto!

— Vai odiá-lo ainda mais, e então...

— Eu compreendo o senhor.

— Fico muito feliz.

— Quer que eu o abandone sem dizer nada?

A propósito de *A Sonata a Kreutzer*

— Acho que essa seria a solução mais feliz para o seu infortúnio.

— Sim, e depois...

— E depois a senhora... recobrará...

— É impossível recobrar o que quer que seja.

— Desculpe-me, eu queria dizer que a senhora terá ainda mais cuidado com o marido e a família; isso lhe dará forças não para esquecer, mas para guardar o passado e encontrar motivos suficientes para viver para os outros.

Ela levantou-se; levantou-se de súbito, baixou ainda mais o veuzinho, estendeu-me a mão e disse:

— Agradeço-lhe, estou satisfeita por ter obedecido o sentimento interior que me levava a procurá-lo depois da inquietação despertada pela terrível impressão do enterro; saí de lá como uma louca, e como foi bom não ter feito tudo o que queria fazer. Adeus! — ela me estendeu de novo a mão, apertou a minha com força, como se quisesse me deter no lugar em que estávamos. Em seguida, fez uma saudação e saiu.

IV

Repito que não vi o rosto dessa mulher; somente pelo queixo, e ainda sob o véu, como sob uma máscara, era difícil julgar o seu rosto, mas pela figura, apesar do casaco de veludo e do chapéu, pude ter uma idéia da sua graciosidade. E digo que era uma figura elegante, leve, de extraordinária vivacidade, que se gravou de maneira muito forte em minha memória.

Até então eu jamais encontrara essa dama e, pela voz, penso que não me era conhecida. Ela falava com voz franca, leve, profunda, de contralto, muito agradável; as suas maneiras eram elegantes, e podia-se tomá-la por uma mulher da alta sociedade e, mais exatamente, esposa de um diretor ou vice-diretor de alguma repartição pública ou algo desse tipo; em uma palavra, essa dama era-me desconhecida e permaneceu desconhecida.

Do funeral de Dostoiévski e do fato narrado por mim passaram-se três anos. No inverno adoeci e, na primavera, viajei para uma estação de águas no exterior; ao trem, acompanharam-me um amigo e uma parente; fomos de coche; conosco estavam os meus pertences de viagem. Quando percorríamos uma das ruas adjacentes à avenida Niévski,[6] em uma das esquinas, à entrada do grande prédio de uma repartição pública, avistei uma dama; instantaneamente, apesar da minha miopia, reconheci nela a minha desconhecida. Não estava absolutamente preparado para isso, não pensava nela de forma alguma e, por isso, a impressionante semelhança muito me admirou; perpassou-me pela cabeça a ideia tola de levantar-me, aproximar-me dela, parar, perguntar alguma coisa, mas como comigo estavam pessoas estranhas, então, por sorte minha, não o fiz, mas exclamei:

— Deus meu, é ela! — e, com isso, dei aos meus acompanhantes motivo para risos.

Realmente era ela: eis como isso se revelou. De acordo com o costume de todos os russos ou da maioria deles, escolhi uma rota de viagem indireta; antes de mais nada, passei por Paris e fiz estação de águas em julho e depois, apenas em agosto, cheguei ao local em que deveria ter estado em junho; logo me familiarizei com a maioria dos russos que se tratavam ali, e acabei por conhecer quase todos, de modo que notava a chegada de uma pessoa nova.

E eis que, certa vez, quando eu estava sentado em um banco do parque, por onde passava a estrada até a estação,

[6] Principal avenida da cidade de São Petersburgo. (N. da T.)

A propósito de *A Sonata a Kreutzer*

vi uma carruagem na qual se encontravam um homem de casaco claro e chapéu, uma dama de véu e, sentado à frente deles, um menino de uns nove anos.

E de novo me aconteceu o mesmo que havia sucedido na partida de Petersburgo.

— Deus meu, é ela!

Realmente era ela.

Logo no dia seguinte, no restaurante do parque, à mesinha de café, vi o marido, bem apessoado mas macilento, e o filho, extraordinariamente belo. O menino era de tipo um pouco cigano, moreno, com cachos negros e grandes olhos muito azuis.

Eu me permiti um pequeno atrevimento: subornei o garçom para que colocasse minha mesinha mais perto da dama; queria observar o seu rosto.

Era bonita, tinha uma expressão bastante agradável, suave, mas pouco significativa; ela, sem dúvida, me reconhecera, duas ou três vezes esforçara-se para virar-se na cadeira de tal modo que me fosse incômodo olhá-la, mas, depois, levantou-se, parou ao lado de uma dama conhecida minha, conversou com ela, pôs-se de parte e voltou para perto do marido.

Ao entardecer, durante o café servido após o almoço, num dos concertos mistos, a minha conhecida, da qual se aproximara a nova hóspede, disse-me que queria me apresentar à senhora N., que, naquele minuto, passava à nossa frente, e a apresentação foi feita imediatamente. Eu disse a ela uma frase comum, à qual ela respondeu também com palavras comuns, mas, naquelas palavras, naquela voz, naquela maneira, eu a reconheci; sem dúvida era ela, e ela era suficientemente inteligente para compreender que eu a reconhecera, e resolveu não se esconder, mas sim dar-se a conhecer; ela podia confiar na minha discrição em relação ao que outrora me dissera...

Daí em diante, passamos a nos ver, e até, algumas vezes, fiz excursões com as damas conhecidas e o filho dela. O marido, por algum motivo, não gostava de passeios, doía-lhe o joelho, ele coxeava um pouco e, além disso, eu não conseguia decifrar o que se passava com ele: ou era incomodado pela esposa ou então queria ficar livre, cortejar uma, ou até, quem sabe, não apenas uma das damas de reputação duvidosa recém-chegadas. Mas em todos os nossos encontros e conversas, ela nunca disse nem fez alusões ao fato de ter ido à minha casa ou de nos termos visto antes: eu apenas sentia claramente que ela e eu julgávamos fora de dúvida que compreendíamos um ao outro. E de repente, em meio a essa situação, aconteceu um fato completamente imprevisto.

De manhã, em uma hora bastante agradável, ela não apareceu para acompanhar o marido à fonte: ele foi tomar café sozinho e disse que o seu Anatoli se sentia mal, que a mãe estava prostrada de dor.

Às oito horas da noite, o porteiro comunicou-me uma notícia terrível: que, em um dos hotéis, uma criança morrera de difteria; com certeza era o filho da minha desconhecida.

Não pertenço à classe das pessoas muito cuidadosas e, por isso, peguei o chapéu imediatamente e dirigi-me ao hotel; por algum motivo, parecia-me que o marido permanecia indiferente demais ao fato; se aquela criança com difteria era o seu filho, talvez a minha ajuda ou algum tipo de colaboração fosse útil.

Quando entrei no hotel em que ela estava hospedada... nunca me esquecerei do que vi. Eram apenas dois aposentos: no primeiro, onde ficavam os móveis de sala, revestidos de veludo vermelho, estava minha desconhecida, de pé, com os cabelos desgrenhados, olhos fixos; mantinha as mãos com os dedos abertos, defendendo com o próprio corpo o sofazinho sobre o qual havia algo coberto por um lençol branco; saindo do lençol, via-se uma perninha azulada; era ele: o faleci-

A propósito de *A Sonata a Kreutzer*

do Anatoli. À porta, estavam dois homens que me eram desconhecidos, de casacos cinzentos, à frente deles um caixote, não um caixão, mas um caixote, semelhante a um caixote grande de velas, com cerca de dois *archins*[7] de profundidade, cheio até à metade com algo branco, que a princípio me pareceu leite ou amido; à frente deles estava o comissário de polícia e um *burger*[8] com distintivo; eles falavam alto; o marido da dama não estava, ela estava sozinha, somente ela discutia, defendia-se, e ao me ver, exclamou:

— Deus meu! Defenda-me, ajude-me! Eles querem levar a criança, não me deixarão enterrá-lo; ele morreu neste minuto.

Eu queria intervir, mas seria totalmente inútil, ainda que tivéssemos força para vencer os quatro homens que, sem qualquer cerimônia e com bastante truculência, jogaram-na no outro cômodo e trancaram a porta, na qual ela, com um gemido terrível, batia os punhos inutilmente. Nesse momento, pegaram a criança, ainda tão fresca, deixaram-na cair na solução de cal, em seguida pegaram o caixote e retiraram-se rapidamente.

V

Em lugarejos e cidadezinhas de águas, as pessoas têm pavor dos casos de morte. Os proprietários de hotéis e pensões evitam de todas as maneiras hóspedes cuja saúde os faça temer morte próxima.

[7] Unidade de medida correspondente a 71 cm. (N. da T.)

[8] Termo que designa um cidadão ilustre, na Alemanha e em alguns outros países. (N. da T.)

Em nenhuma dessas cidades permitem a realização do processo de sepultamento e, quando aparece um cadáver, tratam de escondê-lo de todos os forasteiros, despacham-no por estrada de ferro, decididamente, sem nenhum rito fúnebre.

Doenças infecciosas letais acontecem muito raramente, e no local em que morreu o filho da minha conhecida aquele era o primeiro caso; a notícia espalhou-se entre o público com rapidez inacreditável e despertou um medo terrível, principalmente entre as damas. Os médicos locais, que nessas cidades formam a classe dirigente mais importante, esforçaram-se por tranquilizar os ânimos exaltados e, superando-se uns aos outros nesse esforço, desentenderam-se e dividiram-se em dois campos: uns, entre os quais encontravam-se dois consultores que trataram o menino, não negavam que a causa da morte fora realmente a difteria, mas afirmavam que tinham sido tomadas todas as medidas contra o contágio, que haviam entrado no quarto do menino com uma roupa especial e que, ao sair, tinham se desinfetado com cuidado; dois deles até raparam a barba para mostrar como levavam tudo realmente a sério. Já os outros, em número incomparavelmente maior, diziam que o caso era muito duvidoso, até com indícios contraditórios, e acusavam os colegas de terem exagerado imprudentemente a doença do menino, o que causara um alvoroço enorme e desnecessário, que perturbara a tranquilidade dos doentes e ameaçara, sobretudo, os interesses econômicos dos habitantes locais. Pois esse segundo grupo de médicos manifestara-se desfavorável à ação dos representantes do poder municipal, que tinham agido de modo extremamente rude e violento com a senhora N., da qual arrancaram a criança com brutalidade de bandidos, quase mesmo no instante da morte, e a mergulharam na cal talvez antes de se extinguir a sua derradeira centelha de vida. Ao enfatizar essa truculência, os médicos queriam desviar de si a atenção

A propósito de *A Sonata a Kreutzer*

do público e dirigi-la a outras pessoas, cujo comportamento, realmente, apresentara grande rispidez; mas isso foi em vão. O egoísmo humano, no momento do perigo, torna-se particularmente abominável, e entre o público não se encontrava ninguém que manifestasse interesse suficiente pela situação da mãe infeliz. Se era realmente difteria, então não havia motivo para fazer cerimônias, e quanto maior fosse a dureza e a decisão da ação dos poderes, melhor. Realmente não podiam expor os outros ao perigo! Era interessante apenas saber: para onde fora mandado o caixote com o morto perigoso? E as informações a esse respeito eram bastante tranquilizadoras. O caixote fora transportado para o pântano negro, do qual, tempos antes, retirava-se lama para os banhos. Então, nesse pântano, o caixote havia sido baixado e submerso num dos poços profundos, coberto com pedras e, mais uma vez, com uma camada de cal. Dispor do cadáver infectado de forma mais decidida e apropriada parecia impossível; mas depois voltaram para o hotel, do qual quase todos os hóspedes fugiram e no qual permaneciam apenas alguns pobretões sem condição de se permitir o luxo de abandonar o apartamento pago com um mês de antecedência. Era preciso desinfetar todo o hotel ou pelo menos aqueles aposentos ocupados pela família de N. e os números contíguos; era preciso também desinfetar o corredor pelo qual o menino correra e o canto do restaurante onde a família N. comia. Tudo isso representava uma soma significativa de dinheiro, se não me engano, superior a trezentos florins, pois reconheciam a necessidade de reduzir a cinzas os móveis estofados dos aposentos da família e, nos cômodos restantes, retirar as cortinas, tapetes e reposteiros e substituí-los por novos. Por esse motivo, foram apresentadas ao senhor N. as exigências financeiras dos proprietários, e os representantes da cidade confirmaram o direito do dono do hotel que, apesar da compensação exigida, de qualquer modo ainda teria prejuízo por causa do acontecido, visto que muitos números ficariam desocupados por toda a temporada e, no futuro, o proprietário corria o risco de perder uma grande clientela, a cujos ouvidos chegaria a notícia de que ali houvera um caso de difteria.

Esse tipo de queixa era nova para os frequentadores e todos queriam saber como o caso ia terminar. Uns achavam que essa exigência era cavilosa, outros que era justa, embora desmedida; falavam sobre isso por toda a parte, e o senhor N. tornou-se um homem interessante. Mas era de admirar que não o temessem. Aproximavam-se dele pois sabiam que, por já estar doente, saíra do seu apartamento tão logo se manifestara a doença do filho, e não voltara lá até a morte. Sobre a esposa não lhe perguntavam, e ela não foi vista durante alguns dias. Pensavam que ela havia partido para algum lugar ou estava doente. O próprio senhor N. despertava grande interesse nas pessoas atraídas pelos costumes estrangeiros. O dia inteiro ele contava quais exigências tinham sido apresentadas e como respondera a elas. Ele não negava que o dono do hotel sofrera prejuízo e que a morte da criança, nesse caso, realmente era a causa desses prejuízos, mas negava a justeza da imposição arbitrária de uma compensação e não queria pagar nada sem ir ao tribunal.

— Suponhamos — dizia ele — que eu deva realmente pagar. Então isso deve ser provado não por um comissário e três burgueses quaisquer, mas por uma comunicação oficial do juiz, a qual eu possa acatar. E além disso, o que significa esta sentença: pagar. Muito bem, se eu tiver com que pagar. Pois que peguem a minha mala e nada mais. Pois se no meu lugar estivesse um pobretão, imagino que não haveria o que discutir.

E todos estavam ocupados com o mosaico dessa pergunta e, ao redor do senhor N., com frequência reuniam-se pessoas para discutir os direitos dele e os aborrecimentos causa-

A propósito de *A Sonata a Kreutzer*

dos. O problema, no entanto, logo se resolveu de forma pacífica: a cidade não quis levar o assunto a um tribunal de verdade, pois dessa forma a história do caso de difteria ficaria ainda mais conhecida, e resolveram chegar a um entendimento pacífico, pelo qual o senhor N. devia pagar a conta das despesas dos procedimentos de desinfecção. Assim teria terminado o caso, mas, de repente, verificou-se um fato novo: a senhora N., tendo passado oito dias em um dos quartos do hotel, todos os dias ia ao pântano, no qual haviam baixado o caixote com o corpo da criança, e no nono dia não voltou dessa viagem. Procuraram por ela inutilmente: ninguém a vira nem no bosque, nem no parque; ela não visitara nenhum de seus conhecidos, não bebera chá em nenhum restaurante, mas simplesmente desaparecera, e com ela desapareceram os halteres usados pelo marido para fazer ginástica no quarto. Procuraram por ela inutilmente durante três ou quatro dias, e depois começaram a levantar suspeitas de que ela, provavelmente, havia-se afogado naquele mesmo pântano: o que depois, dizem, foi comprovado, porém o seu corpo, tendo aflorado à superfície, foi novamente engolido pelo pântano. Assim ela morreu.

Esse foi um acontecimento muito notável pelo seu aspecto trágico, pelo silêncio em que tudo aconteceu; a desaparecida N. não deixou nenhum bilhete, nenhum sinal da decisão de suicidar-se. O senhor N. despertou a compaixão de muitos; ele próprio comportou-se com muita discrição, num silêncio frio e orgulhoso; ele dizia: "o melhor que tenho a fazer é partir"; mas não partiu, porque a própria saúde estava muito fraca e exigia que o período de tratamento nessas águas fosse cumprido.

As minhas relações com ele não caminhavam bem: nós, pelo visto, não éramos pessoas do mesmo caráter. Embora eu soubesse um segredo de família que deveria torná-lo objeto de pena, ele me parecia muito mais antipático do que a esposa que lançara sobre ele a ofensa conjugal. Eu não tinha razão para querer me aproximar dele, mas, por um impulso a mim incompreensível, de repente, ele se dignou dedicar-me atenção e, nas conversas que travamos, com muita frequência e de muito bom grado, tocava a memória da falecida esposa.

(1899)

SOBRE OS CONTOS

Denise Sales

Kótin, o provedor, e Platonida

A história de Konstantin Pizónski foi contada pela primeira vez em *Os que esperam o borbulhar das águas: crônica romanesca*, novela publicada na revista *Otiétchestvennie Zapíski*, em 1867. No capítulo IV, intitulado "O Robinson da Cidade Velha", Leskov desviava o rumo da narrativa, introduzindo o enredo que, mais tarde, seria reelaborado, dando origem ao presente conto.

Modelo de bondade, compaixão e pureza, o personagem de Kótin tem firmeza de caráter suficiente para escolher o caminho da virtude, apesar de viver situações em que o "homem encontra-se a um passo de praticar o mal". Estranho, incomum, fora dos padrões convencionais, ele é menino e menina, homem e mulher, capaz tanto de acalentar e alimentar maternalmente as órfãs que adotou quanto de assumir o papel masculino de provedor do sustento da família.

Águia Branca

Publicado pela primeira vez no jornal *Nóvoie Vriêmia*, em dezembro de 1880, com o subtítulo "Conto de *sviátki*". Segundo Andrei Nikoláievitch, filho de Leskov, teriam servido de inspiração ao autor irregularidades praticadas pelo governador da cidade russa de Penza, onde Leskov viveu de

1857 a 1860. De qualquer modo, o enredo recupera o tema de *O inspetor geral*, de Nikolai Gógol, em que, numa cidadezinha provinciana, espera-se a chegada de um funcionário designado para investigar a corrupção municipal.

Em Leskov, a sátira vem mesclada com motivos mitológicos e sobrenaturais. A ambiguidade de "Águia Branca" divide opiniões: Ivan Petróvitch realmente morreu ou tudo não passou de uma farsa planejada pelo governador para pôr fim à investigação de Galaktion Ilitch?

A VOZ DA NATUREZA

Publicado pela primeira vez na revista *Oskólki*, em 1883. Detalhes da narrativa foram modificados pelo autor ao longo do tempo. O diálogo sobre os romances de Paul de Kock (1794-1871), por exemplo, originalmente se referiam a um romance do escritor inglês Anthony Trollope (1815-1882); o nome do general Faddiéiev é citado apenas na edição das obras reunidas, no texto da revista fala-se de um anônimo "ajudante de campo".

Uma das características da obra de Leskov é a sua divisão em ciclos. São notáveis os "contos dos justos" e os "contos de *sviátki*". "A voz da natureza" faz parte do ciclo "contos a propósito": a partir de algum acontecimento singular, que lhe chamava a atenção, Leskov elaborava uma história paralela, retratando com vivacidade as características e costumes de determinada camada da população.

A FRAUDE

Publicado pela primeira vez na revista *Rossíia*, em 1883, com o título "Quadros do passado — Cabeças de vento", trata da polêmica questão das diversas etnias presentes no território russo, evidenciando preconceitos contra judeus, moldávios, valáquios e romenos.

A recepção desse conto exemplifica bem a relação da crítica com a obra de Leskov em geral e com o próprio escritor. Desconsiderado por grande parte de seus contemporâneos, reabilitado por Maksim Górki, celebrado por Walter Benjamin, o autor já foi chamado de agente da repressão tsarista, obediente a ordens "superiores".

"A fraude" tem sido analisado juntamente com outros contos de mesma temática, e as conclusões são igualmente diversas. Alguns apontam o humanismo e a tolerância de Leskov, expressos na ironia da narrativa e na exposição clara dos preconceitos; outros falam do antissemitismo e intransigência propagados por seus personagens; e há os que classificam a obra de Leskov em duas fases, sendo a primeira conservadora (décadas de 1860 e 70) e a segunda liberal (décadas de 1880 e 90).

ALEXANDRITA

Publicado pela primeira vez na revista *Nov*, em 1884, com o título "Contos a propósito — Alexandrita: um fato natural à luz do misticismo".

Em carta a Mikhail Ivánovitch Piliáiev, autor de *Pedras preciosas* (1877), Leskov fala da "febre" de escrever essa história: "Caro Mikhail Ivánovitch, sempre tive a fraqueza, não sei se feliz ou infeliz, de me deixar arrebatar por algum tipo de arte. Foi assim que me apaixonei pela pintura de ícones, pelas canções populares, pela medicina, pela restauração etc. Pensei que isso tivesse passado, mas me enganei: as nossas conversas sobre o seu livro *Pedras preciosas* arrastaram-me para uma nova paixão, e, como de cada uma das minhas paixões sempre busquei criar algo 'de volta', agora isso está se repetindo. Sinto uma vontade irresistível de escrever um conto fantástico-supersticioso, capaz de despertar a paixão pelas pedras preciosas e, junto com ela, também a fé em sua influência misteriosa".

A PROPÓSITO DE *A SONATA A KREUTZER*

Publicado pela primeira vez na revista *Niva*, em 1899, após a morte do autor. Como o próprio título indica, dialoga com *A Sonata a Kreutzer*, novela de Lev Tolstói finalizada em 1889, mas publicada oficialmente apenas em 1891, por causa de problemas com a censura tsarista. Nesse intervalo, circularam várias cópias litografadas e mimeografadas, tendo uma delas chegado às mãos de Leskov.

A história da "Dama do enterro de Dostoiévski", título inicialmente escolhido pelo autor, marca a posição de Leskov a respeito da questão feminina, tão discutida na literatura e na imprensa russa da segunda metade do século XIX.

Assim como em "Águia Branca", fica a cargo do leitor tirar conclusões sobre o mistério da morte da personagem, instigado pela dúvida semeada pelo narrador: "a desapareci-da N. não deixou nenhum bilhete, nenhum sinal da decisão de suicidar-se".

PELA VIDA RUSSA

Denise Sales

A estrada de ferro transiberiana atravessa mais de nove mil quilômetros, cruzando a Rússia de oeste a leste, de Moscou a Vladivostok. Saindo da paisagem urbana ocidentalizada da Moscou atual, viaja-se por Perm, no sopé dos montes Urais; Omsk, um dos exílios de Dostoiévski, no oeste da Sibéria; Irkutsk, a menos de setenta quilômetros do Baikal, o lago mais profundo do planeta; Khabárovsk, quase na fronteira com a China... Esse território imenso, onde vivem mais de 160 grupos étnicos, dá à Rússia uma de suas principais características: a diversidade.

E foi a diversidade russa, tão bem retratada nas seis histórias deste volume, que deu a Nikolai Leskov o rico material de suas obras. Tanto os biógrafos quanto o próprio escritor ressaltam a importância das viagens para a expressão de seu talento literário. Em 1857, aos 26 anos de idade, Leskov abandonou a carreira no funcionalismo público e passou três anos viajando pela Rússia como representante comercial da firma Scott & Wilkins, de que o seu tio era sócio. O filho do escritor, Andrei Leskov, reproduz vários relatos do pai sobre os percalços desse trabalho itinerante e, no final de um deles, acrescenta a constatação: "Depois de três anos dessas viagens pela santa Rus, como não conhecer toda ela até os seus confins? [...] Era a escola da vida e não de livros. Nela havia material para um século de literatura".[1]

---

[1] *Jizn Nikolaia Leskova po iegó lítchnim semiéinim i nessemiéinim*

A convivência com pessoas de todas as classes sociais, e o seu interesse por elas, ajudou o escritor a compor seus personagens com humanismo e fidelidade, característica ressaltada por tradutores contemporâneos. No posfácio de *Lady Macbeth do distrito de Mtzensk*, Paulo Bezerra escreve: "Leskov teve uma aia serva e mulher de soldado, conviveu com camponeses, artesãos, comerciantes, nobres decadentes, pequeno-burgueses e uma fauna vária de excêntricos, videntes e fanáticos religiosos de velhas e novas crenças. Portanto, um vasto mosaico humano formado por diferentes segmentos sociais cada um com seu modo peculiar de ver e sentir o mundo, com suas histórias e sua linguagem específica. Tudo isso faz de Leskov um grande conhecedor da vida e dos costumes russos, e transborda numa grande policromia de modos de vida e linguagens que o autor incorpora à sua obra como uma espécie de enciclopédia da vida e dos falares russos, marca particular do seu estilo".[2]

William Edgerton, tradutor de *Satirical stories of Nikolai Leskov*, coletânea que inclui o conto "A fraude", abre a apresentação do livro com um comentário no mesmo tom. "No caso da maioria dos grandes escritores russos do século XIX, uma ou duas obras são suficientes para dar ao leitor uma noção bastante adequada da sua genialidade. [...] Mas, quando nos voltamos para Leskov, [...] se lemos *Lady Macbeth do distrito de Mtzensk*, concluímos que Leskov escreveu histórias sobre crimes passionais, em um estilo sóbrio e contido. [...] Mas há ainda a galeria dos 'homens justos' de Leskov, aqueles heróis quixotescos positivos que ele tornou

---

zápisiam i pámitiam [A vida de Nikolai Leskov segundo suas anotações e reminiscências pessoais, familiares e não familiares], Moscou, Khudójestvennaia Literatura, 1984, p. 178.

[2] Nikolai Leskov, *Lady Macbeth do distrito de Mtzensk*, tradução de Paulo Bezerra, São Paulo, Editora 34, 2009, p. 83.

convincentes, dando-lhes um traço um pouco ridículo [...] Outros aspectos da genialidade de Leskov estão [...] em suas histórias de Natal, que assumiram, em sua obra, um caráter um tanto distinto do gênero; as suas estórias para crianças, como 'A fera'; [...] e 'A sentinela',[3] história em que a burocracia desalmada da época de Nicolau I é submetida à sátira pungente de Leskov em um estilo burocrático apropriado e irônico."[4] Todas essas observações reforçam a amplitude e a multiplicidade da contribuição de sua prosa.

No mundo russo de grandes extensões, o deslocamento desempenha papel fundamental. Nas seis obras deste volume também. O bondoso Kótin, da galeria de homens justos, é um peregrino bíblico, expulso da Cidade Velha uma primeira vez ainda no ventre da mãe e uma segunda vez, já adulto, ao voltar do exército e sem ter onde morar. Em busca de recompor laços familiares, o personagem encontra Glacha e Nílotchka, duas primas ainda crianças, e para salvá-las de um destino de sofrimento empreende mais uma caminhada, encontrando abrigo naquela mesma Cidade Velha.

Em "Águia Branca", Galaktion Ilitch parte de Petersburgo para o interior da Rússia, a fim de investigar os desmandos de um governador de província. O funcionário da Câmara que colocam a sua disposição parte para a outra vida logo após assumir a nova função. Entretanto, depois de morto, não para de assombrar o ex-chefe, e a veracidade de sua viagem para o outro mundo intriga o leitor, a quem a ardilosa narrativa deixa a tarefa de concluir se tudo aquilo

[3] Ambos traduzidos por Noé Oliveira Policarpo Polli em Nikolai Leskov, *Homens interessantes e outras histórias*, São Paulo, Editora 34, 2012.

[4] *Satirical stories of Nikolai Leskov*, Nova York, Pegasus, 1969, pp. 9-10.

foi ou não uma trama do governador para interromper as investigações.

É também em uma viagem, nesse caso do Cáucaso a Petersburgo, que o marechal de campo Bariátinski passa pela curiosa experiência de "A voz da natureza". Longe de casa, ele encontra o insólito Filipp Filíppitch, cujo segredo será revelado com a ajuda de uma misteriosa voz da natureza.

Memórias de campanhas militares, ou seja, de deslocamentos pela Rússia e pelos países vizinhos, compõem "A fraude", cuja história é contada durante uma viagem de trem. William Edgerton diz ter ouvido de Boris Eikhenbaum — um dos responsáveis pela edição das obras reunidas de Leskov, publicadas de 1956 a 1958 — que esse conto não fora incluído por receio de que os romenos pudessem se ofender. "A única coisa", replica o tradutor, "que poderia justificar algum aborrecimento da parte dos romenos seria supor que eles são incapazes de apreciar a ironia de Leskov."[5]

A respeito da questão dos judeus, tema inicial da conversa dos passageiros em "A fraude", Leskov publicou três artigos encomendados pela sociedade judaica de Petersburgo. Após uma onda de *pogrons* contra judeus em 1881 e 1882, o governo tsarista decidiu criar uma comissão especial para discutir se as ações contra os judeus eram uma resposta à exploração promovida por eles próprios, sendo necessário proibir-lhes a atividade econômica, ou se os judeus deveriam ter a sua cidadania protegida. Interessada em influenciar a decisão da comissão, a sociedade judaica resolveu preparar materiais sobre o tema, pediu artigos a vários literatos e escolheu Leskov para escrever sobre "a vida e os costumes dos judeus".

[5] *Ibidem*, p. 106.

Assim como o militar reformado de "A fraude", o narrador de "Alexandrita" também viaja ao exterior, porém para as terras tchecas. O próprio autor buscou a caracterização do ourives no estrangeiro, como explicou em carta de 9 de agosto de 1884 a Mikhail Ivánovitch Piliáiev: "Já comecei a novela, dei-lhe o título de 'Granada de fogo' e peguei para a epígrafe cinco linhas de seu livro; o caráter do personagem tomei emprestado dos traços que vi e observei em Praga, no verão, entre famílias de comerciantes de granadas".[6]

Finalmente, "A propósito de *A Sonata a Kreutzer*", cujo início acontece em São Petersburgo, só terá o seu desfecho fora do país, numa estação de águas estrangeira, onde o narrador vai se tratar três anos após o episódio inicial. Para os leitores familiarizados com *A Sonata a Kreutzer*,[7] cuja primeira tradução no Brasil, publicada em meados da década de 1880, matou a curiosidade dos letrados brasileiros que já tinham ouvido falar que o romance "se ocupava da grave questão do adultério, procurando-lhe uma causa original e dando-lhe uma solução imprevista",[8] a obra de Leskov — que assume uma perspectiva distinta da de Tolstói — ajuda a entender melhor a discussão da questão feminina na Rússia na segunda metade do século XIX.

As seis histórias de Leskov traduzidas neste volume são seis universos com linguagem própria. Se em todos eles há o

---

[6] *Sobránie sotchiniénii v odínnadtsati tomakh* [Obras reunidas em onze volumes], Moscou, Khudójestvennaia Literatura, 1958, v. 11, carta 29.

[7] Lev Tolstói, *A Sonata a Kreutzer*, tradução de Boris Schnaiderman, São Paulo, Editora 34, 2007.

[8] Citação do criminalista Viveiros de Castro no livro de Bruno Barretto Gomide, *Da estepe à caatinga: o romance russo no Brasil (1887-1936)*, São Paulo, Edusp, 2011, p. 180.

inconfundível narrar leskoviano exaltado por Walter Benjamin no ensaio "O narrador", se em todos há o peculiar arranjo sintático e a original combinação — e às vezes invenção — de palavras, em cada um está presente também a marca singular e inconfundível da biografia dos personagens e dos locais onde se passam as histórias.

O mundo religioso de Kótin manifesta-se em linguagem e fatos bíblicos. A Cidade Velha é o refúgio dos velhos crentes, o pai de Konstantin Pizónski mora numa casinha no sepulcrário da igreja, o filho mora com a mãe num convento. Os nomes próprios podem ser rastreados até possíveis raízes santas: Pisom (em português às vezes Fison), braço de um rio do Éden; santa Platonida, jovem tártara que se converteu à religião ortodoxa e foi morta por parentes fanáticos; santa Makrina, modelo de vida ascética... Os fatos conformam-se com acontecimentos bíblicos: como Eliseu (*2 Reis*, 2, 23-24), Pizónski é alvo de zombaria; a exemplo de Cristo (*Mateus*, 23, 37), recolhe Glacha e Nílotchka debaixo das asas, como uma galinha; lembrando o profeta Elias (*1 Reis*, 17, 2-6), explica à vovó Fevrónia como vai alimentar as meninas...

Em "Águia Branca", a ambiguidade do enredo emaranha-se com a arte da política e as regras do funcionalismo público. "Há mais coisas no céu e na terra" dá o tom teatral da suposta encenação da morte de Ivan Petróvitch, e as palavras servem mais para confundir do que para esclarecer: "Sobre a inteligência e a capacidade de Galaktion Ilitch ninguém tinha concepções muito claras", "ele devia ter alguns méritos", "Mas isso só na aparência, deve parecer que *não* tem, porque, na verdade, o senhor tem de descobrir *tudo*", "de que lado podiam me pegar e, depois, provavelmente, me embromar"...

De outro tipo é a obscuridade em "A voz da natureza". A consideração e a gratidão de Filipp Filíppitch pelo príncipe Bariátinski faz com que ele use todo tipo de subterfúgio linguístico para não ofender o seu hóspede. O zeloso anfitrião não queria enganar ninguém, não queria esconder a verdade e muito menos algum "segredo criminoso". Seu único desejo era não "desconcertar" o príncipe pela "desmemória".

Nesse universo de discursos enviesados, a fala do militar reformado de "A fraude" guarda o colorido de um baú de palavras estrangeiras, recolhidas como troféus das terras por onde ele andou em campanha. As damas moldávias são *kukonas*; os quitutes judaicos, *matzel*, *kuguel*; o boiardo moldávio, *ban*; o cafetã polonês, *jupan*... E o próprio encadeamento do seu relato é serpenteante como as estradas por ele percorridas.

Em "Alexandrita", mais uma vez, a estrutura do texto espelha a própria história. O início um tanto árduo, enciclopédico, repetitivo, como uma pedra mal lapidada. No primeiro capítulo, informações técnicas e referências bibliográficas fazem lembrar um tratado científico. Entretanto, assim como o piropo limpa-chaminés revela-se príncipe nas mãos do velho Wenzel, também a linguagem do conto se revela cativante e enternecedora à medida que se desenvolve o enredo.

Já no ambiente urbano culto de Moscou, retratado em "A propósito de *A Sonata a Kreutzer*", cabe o discurso correto e bem-educado de seus personagens, perturbado apenas pela inquietação da personagem feminina, que produz uma fala entrecortada, com sentenças incompletas, circunlóquios, reticências. A singularidade linguística, fonte e reflexo da diversidade de personagens, ambientes e imagens, é marca do escritor detalhista, observador, atento, em cujas obras, nas palavras de Maksim Górki, podemos sentir a Rússia em tudo o que ela tem de bom e de ruim.

Pela vida russa

Anton Ledakov, *Retrato de Nikolai Leskov*, 1872, óleo s/ tela, Museu Leskov, Oriol.

NIKOLAI LESKOV,
O MAIS ORIGINAL DOS ESCRITORES RUSSOS

Elena Vássina

> "Leskov é o mais original dos escritores russos,
> alheio a qualquer influência externa. Lendo seus
> livros, sente-se mais a Rússia, com tudo o que há
> de ruim e de bom nela."
>
> Maksim Górki

Entre todos os escritores clássicos da literatura russa, Nikolai Leskov (1831-1895) talvez seja o único que, durante sua vida, não tenha ganhado o devido reconhecimento nem dos leitores, nem dos críticos. O destino literário de Leskov não foi nada simples: como escreveu o poeta Igor Severiánin, embora fosse um escritor "comparável a Dostoiévski — foi um gênio preterido", e não somente na Rússia. Várias vezes, Thomas Mann ressaltou em suas entrevistas e cartas que, "embora desconhecido no Ocidente, Nikolai Leskov foi um grande mestre da narrativa, igual a Dostoiévski".

Leskov estreou na literatura russa no princípio dos anos 1860. Na segunda metade do século XIX, iniciaram-se as reformas democráticas na Rússia: em 1861, foi abolida a servidão, realizou-se uma reforma do sistema judiciário, criou-se, em São Petersburgo, o primeiro comitê de alfabetização e o povo começou a aprender a ler. As mudanças sociais provocaram uma radicalização das tendências artísticas e ideológicas e a filiação partidária — radical ou conservadora — de escritores e críticos russos ficou mais do que evidente. Entretanto, em vez de aderir a um dos grupos, Leskov, com seu gênio orgulhoso e intransigente, preferiu uma posição de escritor independente, um navegador que ia solitário contra os ventos e as marés de todas as correntes literárias. Um tipo de escolha que não foi nem compreendida, tampouco perdoada pela maioria de seus "irmãos de ofício" e que o fez sempre sofrer ataques ferozes tanto dos radicais, que o acusavam de ser reacionário, quanto dos conservadores, que não aceitavam e temiam o radicalismo das obras de Leskov. Sem falar da censura, que chegou a proibir a publicação de vários livros seus...

Mas, fora do campo de batalha ideológico, a crítica contemporânea tampouco aceitou a forma ousada e inovadora das obras de Nikolai Leskov, achando que lhe faltava "senso de medida", que sua linguagem era "exagerada" e seu talento, "doentio". É verdade que esta incompreensão da crítica se deve muito ao fato de que Leskov, um raro mágico das palavras, antecipou as experiências estéticas da modernidade ao criar uma nova dimensão da linguagem literária, surpreendente e peculiar, rica e pitoresca, plena de regionalismos, de jargão profissional, mesclando expressões do eslavo eclesiástico e da fala popular, ou seja, de todo aquele imenso *corpus* da língua russa que nunca tinha sido registrado pela literatura até então. Além disso, Leskov começou a se interessar pela literatura e cultura populares (como o assim chamado *lubok*, uma espécie de cordel), pelos ícones russos — por tudo aquilo que viria a ser o foco da busca estética da vanguarda russo-soviética nas décadas 1910-20.

"Leskov é um escritor do futuro", disse Lev Tolstói um pouco depois de conhecer o escritor pessoalmente, em abril de 1887. As palavras de Tolstói eram proféticas: a criatividade tanto inovadora quanto ousada de Leskov, que abria caminhos até então inéditos para a literatura russa, seria devidamente apreciada somente nos anos 1920. Os formalistas russos, fascinados pelos requintes da linguagem leskoviana e por sua elaboração cuidadosa nos procedimentos de composição, celebraram a obra de Leskov como um perfeito modelo de criação prosaica.

Em 1918, em seu artigo "Ilusão de *skaz*", Boris Eikhenbaum foi o primeiro a ressaltar (e, vejam bem, quase vinte anos antes do famoso ensaio "O narrador", de Walter Benjamin) a importância do talento congênito do narrador em Leskov, um escritor ainda subestimado. Um pouco mais tarde, este brilhante representante da escola formalista constataria, na revista *Livro e Revolução*: "A criação de Leskov começa de novo a chamar atenção e destaca-se como uma nova e ainda não aproveitada tradição". Segundo Eikhenbaum, que nos deixou uma série de brilhantes estudos teóricos sobre o "mosaicista, estilizador e antiquário" Leskov, o talento desse escritor foi percebido na sua época como excêntrico e, por isso, não se encaixou no sistema da literatura clássica. E embora mais tarde Leskov tenha até se tornado reconhecido como mestre, a "exuberância" linguística, demasiadamente extravagante, deste gênio original o deixou para sempre fora da tradição da prosa realista russa. A importância da "revolta" da língua russa, ou seja, do estranhamento linguístico que as obras de Leskov provocam no leitor, foi destacada por Víktor Chklóvski em seu conhecido ensaio "Literatura além de enredo" (1925). Na década pós-revolucionária já não havia dúvida de que vários escritores soviéticos — Górki e Riémizov, Kuzmin e Zamiátin, entre tantos outros — continuavam aprendendo segredos da arte literária com Leskov. Dessa forma, Maksim Górki — "o primeiro escritor proletário" — tornou-se um dos mais eloquentes propagandistas da obra leskoviana. Em 1923, quando foram publicadas obras escolhidas de Leskov em três volumes, Górki fez questão de escrever um prefácio, no qual afirmava: "Como mestre da palavra, é plenamente digno que N. S. Leskov esteja ao lado de artistas da literatura russa como L. Tolstói, Gógol, Turguêniev e Gontcharov. A força e a beleza do talento de Leskov pouco devem ao talento de qualquer criador dos textos sagrados sobre a terra russa. Quanto à magnitude de alcance dos fenômenos da vida, a profundidade de compreensão de seu mistério e o fino conhecimento da língua russa, ele frequentemente costuma superar seus citados antecessores e colegas".

Górki não somente admira a poética de Leskov, mas também compartilha sua visão sobre a Rússia e sua relação de amor e ódio com o povo russo, ou seja, exatamente aqueles traços típicos do universo artístico de Leskov que eram tão impetuosamente rejeitados pela crítica radical. A obra literária de Leskov, segundo uma descrição de Górki, é "uma pintura viva, ou melhor, uma pintura de ícones, porque ele começa a criar para a Rússia a iconóstase de seus santos e justos". Basta lembrar a personagem principal do conto "Kótin, o provedor, e Platonida" (1867): o singelo e encantador Kótin, este "mendigo, aleijão, feioso, bobo, estúpido", que, no seu intuito de salvar duas irmãs órfãs, torna-se uma personificação do amor incondicional. Leskov é criador dos tipos "atípicos", pitorescos, que nunca tiveram voz na literatura russa até então. Ele se interessava por personagens que fugissem à regra, mas, ao mesmo tempo, revelassem algo muito essencial e profundo do caráter russo: Kótin, "felizmente, não filosofava, mas era muito sensível" e, assim como os outros justos de Leskov, não se afastava do mundo, não se encerrava atrás dos muros dos mosteiros, mas praticava seus atos de caridade em meio à gente pobre e infeliz, iluminando uma realidade dura e violenta com a luz da compaixão.

Nas palavras de Górki, era como se Leskov "tivesse por objetivo alentar e animar a Rússia torturada pela escravidão, o país que ficou para trás na vida, um país piolhento e sujo, velhaco e bêbado, tolo e cruel, onde as pessoas de todas as classes sabem ser igualmente infelizes, um país maldito, que é preciso amar, mas não se sabe por quê, é preciso amar com tanta força que o coração chore lágrimas de sangue todo dia e toda hora por sofrer pelo país... Ele amava a Rússia assim como ela era, com todos os absurdos de seu antigo modo de vida; amava seu povo, humilhado pelos funcionários, meio faminto, meio bêbado, e com toda a razão e sinceridade, considerava-o 'capaz de todas as virtudes'. E ele amava tudo isso sem fechar os olhos. Um amor sofrido que consome todas as forças do coração e não dá nada em troca. Na alma desse homem uniam-se estranhamente a certeza e a dúvida, o idealismo e o ceticismo".

Nikolai Semiónovitch Leskov nasceu em 16 de fevereiro de 1831, na província de Oriol. É curioso notar que Oriol, uma pequena cidade perdida no interior da Rússia central, ganhou uma fama impressionante no universo da literatura russa, como se sua terra (ou as estrelas acima da terra?) fosse especialmente propícia para produzir talentos literários: além de Leskov, lá nasceram também Ivan Turguêniev, Ivan Búnin e Leonid Andrêiev.

Em sua "Nota autobiográfica", Leskov escreveu que pertencia à nobreza, embora fosse "a nobreza recente e insignificante". Em 1825, seis anos antes do nascimento do filho Nikolai, Semion Leskov (filho e neto de sacerdotes, ele se recusara a seguir a tradição familiar do serviço eclesiástico) recebeu o título de nobreza pelos "méritos à Pátria", ou seja, por seu trabalho brilhante e honesto como assessor da Câmara Criminal do Tribunal de Oriol. Mas no início de 1839, quando o futuro escritor ainda não tinha completado oito anos, o pai pediu demissão do tribunal por conta de uma desavença com o governador (e parece que Nikolai herdou de seu pai a sina de desentendimentos que acompanharia toda sua carreira literária) e foi viver com a família em uma pequena propriedade rural, onde Nikolai Leskov "gozou de completa liberdade", usufruindo dela para fazer amizades com os filhos de camponeses e conhecer — de perto e em todos os "pequeníssimos detalhes e aspectos"— a vida do povo. "A religiosidade bastante feliz, ou seja, aquela que desde cedo estabeleceu a paz entre a fé e a razão", que o escritor, segundo suas próprias palavras, "possuía desde a infância", também lhe ajudou bastante a não se sentir forasteiro no meio do povo russo. Além disso, sabe-se muito bem como são importantes as impressões da infância na formação do talento artístico de qualquer escritor e não foi diferente no caso de Leskov. Assim, as lembranças deste mergulho na vida campesina definiram um saber peculiar no tratamento dos temas e dos tipos populares na obra do escritor.

Até os oito anos de idade, Nikolai Leskov estudou com professores particulares na casa de sua tia, e foi lá que ele recebeu os conhecimentos básicos sobre tudo o que deveriam saber os filhos da nobreza russa, aprendendo, inclusive, a falar francês perfeitamente. Por isso, quando entrou na escola, em 1841, ainda em Oriol, ficou muito entediado por ter de repetir o que já sabia, preferindo dedicar-se por completo às leituras: todos ficavam impressionados com a bagagem de leituras do adolescente Leskov. Já quase no final de sua vida, ele diria a seu filho Andrei: "Parece que estava me preparando para a profissão de escritor desde criança. Isso começou com a leitura dos mais variados livros, especialmente os dos romancistas, durante meus estudos no ginásio, em Oriol. Nesta cidade eu frequentava a casa de A. N. Zinóvieva, sobrinha do escritor Príncipe Massálski. A senhora Zinóvieva possuía uma rica biblioteca, que me proporcionava muito material para leitura, do qual eu li quase tudo...".

Mas seu "tédio horrível" em relação às aulas ginasiais teve um resultado lamentoso: após quatro anos, Leskov abandonou os estudos e nem conseguiu obter o diploma do ensino primário: no certificado que recebeu constava somente a conclusão da segunda série... As portas para a formação universitária se fecharam para sempre, o que, porém, não impediria Leskov de ser considerado um dos escritores russos mais eruditos.

Aos dezesseis anos começou a trabalhar como escrivão na Câmara Criminal do Tribunal de Oriol, observando e registrando os incríveis casos criminais e a variedade de tipos humanos neles envolvidos. Parecia que, desde cedo, o próprio destino quisesse fornecer ao futuro escritor o material cru da própria vida, que inspiraria vários enredos e personagens de sua prosa. Mas a carreira no Tribunal não durou muito: a morte súbita do pai durante uma epidemia de cólera em 1848 fez com que Leskov aceitasse um convite de seu tio Serguei Alfériev. Médico famoso e professor titular da Universidade de Kíev, ele prometeu ajudar o sobrinho em tudo o que fosse possível. No final de 1849, Leskov conseguiu uma transferência para o serviço público em Kíev e sua vida mudou drasticamente. Um jovem nascido e crescido no interior, viu-se, de repente, no meio da alta sociedade e dos brilhantes intelectuais de Kíev. Lá, graças aos contatos do tio, ele fez amizade com os alunos de medicina, que o convidaram a participar de seminários de estudos filosófico-religiosos. Foi em Kíev que Leskov começou a estudar filosofia medieval árabe, os ensaios de Herzen, as obras de Kant, Hegel e Feuerbach. Ao mesmo tempo, ele observava milhares de peregrinos vindos de todos os cantos da Rússia que se reuniam nos principais santuários da religião ortodoxa em Kíev: a Catedral de Santa Sofia e o Mosteiro da Assunção da Nossa Senhora, mais conhecido como Monastério de Kíev-Petchersk. Estes antiquíssimos monumentos arquitetônicos, fundados ainda no século XI, despertaram em Leskov o interesse pela arte de ícones, que ressoaria em vários ensaios e contos, como, por exemplo, "O anjo selado" (1872).

No entanto, o serviço burocrático começou a aborrecê-lo. Ele queria ser livre e precisava de novas experiências. Por isso, o convite para trabalhar na companhia comercial inglesa de A. Scott, marido de sua tia, veio bem a propósito. Em 1857, pede demissão do serviço na Câmara Estatal de Kíev, por "motivos de saúde", e começa a trabalhar como agente da Companhia Scott.

O novo trabalho envolve viagens constantes pela Rússia, que lhe dão a oportunidade de ver, "da caleche ou do barco", o interior da Rússia, e acumular "inúmeras impressões e um estoque de conhecimentos sobre a vida". Como diz o próprio escritor, "foi a melhor época de minha vida, quando vi muita coisa". Acrescentemos que ele não somente viu, mas também ouviu muita coisa. As viagens de longos dias, as paradas nas hospedarias, sempre com os chás à noite, em torno do *samovar*, predispunham a longas conversas sinceras. Entre os ocasionais companheiros de viagem apareciam narradores formidáveis (como, por exemplo, a "personalidade mais notável entre todos os passageiros, um militar reformado", do conto "A fraude", de 1883). E por sorte, a vida patriarcal russa era inseparável da tradição oral do povo, das obrigatórias narrações que mesclavam histórias verdadeiras e irreais, isto é, aquelas extraídas de sua própria experiência, e os acontecimentos maravilhosos criados pela imaginação popular.

Assim, o ouvido e os sentidos de Leskov assimilavam avidamente a fala viva e pitoresca do povo, que, transformada no tecido de sua prosa artística, tornou-se uma das peculiaridades do estilo do escritor e seria definida como *skaz* literário. O termo "*skaz* literário", como uma definição de "forma de narração em prosa que, por seu léxico, sintaxe e pela seleção de entonações, revelam sua orientação ao discurso oral, à fala do narrador", surgiu nos trabalhos dos representantes da "escola formal" nos anos 1920. *Skaz* é o discurso original do personagem, em nome do qual conta-se a história. No *skaz* leskoviano, são características as metáforas pitorescas e a ligação evidente com a tradição folclórica russa, que confere a muitas obras do escritor uma organização rítmica musical[1] — próxima à poesia — e, ao mesmo tempo, ajuda a criar o caráter psicológico vivo e tenso do próprio narrador.

Consciente sobre seu trabalho, Leskov deixou-nos um precioso testemunho sobre as particularidades de criação de sua linguagem literária: "Meus sacerdotes falam na língua eclesiástica, os niilistas na dos niilistas, os mujiques na dos mujiques, os metidos e palhaços falam numa língua esquisita e assim por diante... Essa língua popular, vulgar e requintada, com a qual foram escritas muitas páginas de minhas obras, não foi inventada por mim, mas ouvida dos mujiques, dos semi-intelectuais, tagarelas, alienados e santarrões... Pois eu fiquei recolhendo palavras, ditados, expressões, pegando tudo no ar, no meio da multidão, nos barcos, nos postos de recrutamento e nos mosteiros..."

É curioso é que quase toda a primeira metade de sua vida — até os 29 anos de idade — Leskov passou "ouvindo" e "colecionando", e começou a escrever muito tarde em comparação a outros autores. Somente em 1860 apareceram suas primeiras publicações nas páginas dos jornais de Kíev e São Petersburgo: "Sobre a venda do Evangelho em idioma russo a preços elevados", "Sobre a classe operária" e "Médicos da polícia na Rússia". Os artigos logo chamaram atenção, especialmente o último, sobre a corrupção entre os médicos da polícia que determinavam a aptidão de recrutas para o serviço militar.

---

[1] Leonid Grossman, ao dedicar um dos capítulos de seu livro *Luta por estilo: ensaios sobre crítica e poética* (1927) a Leskov, faz uma análise excelente do ritmo musical na prosa leskoviana.

O tom crítico e muito convincente desse artigo causou uma verdadeira irritação nas autoridades, o que provocou o primeiro escândalo na carreira literária de Leskov. O escritor se viu obrigado a mudar-se de Kíev para São Petersburgo, onde o esperava um conflito ainda maior. No início de maio de 1862, em diversas partes de Petersburgo, começaram a surgir incêndios, provocados, segundo boatos, por grupos revolucionários de estudantes. Em 30 de maio de 1862, no jornal liberal *Siévernaia Ptchelá* (A Abelha do Norte), foi publicado seu artigo "As verdadeiras calamidades da capital". O escritor invocou a polícia inerte a desmentir os boatos sobre a culpa dos estudantes, caso fossem infundados, ou encontrar e castigar os malfeitores. No entanto, no clima político tenso daquela época, seus clamores foram mal interpretados. Leskov se viu entre dois fogos. O artigo "incendiário" causou ataques "da direita" e "da esquerda"; da parte das autoridades, Alexandre II pronunciou-se, expressando sua desaprovação; a crítica radical praticamente boicotou Leskov. O escritor, como ele mesmo disse, foi "crucificado vivo", tornou-se alvo de troças e zombarias, seus conhecidos deixaram de cumprimentá-lo. Abalado com o ocorrido, Leskov partiu para o exterior ou, como afirmavam seus detratores, "fugiu coberto de vergonha".

Contudo, as perseguições ideológicas não conseguiram acalmar o gênio polêmico de Leskov. Ao contrário, em 1864 o escritor publica o romance antiniilista *Sem ter para onde ir* (*Niékuda*), que provoca um escândalo grandioso entre os radicais, ainda por cima porque muitos líderes dos círculos niilistas se reconheceram facilmente nas personagens nem um pouco simpáticas criadas pela pena leskoviana... Outro livro mordaz, *Em pé de guerra* (*Na nojakh*), foi publicado em 1871, no mesmo ano de *Os demônios*, de Fiódor Dostoiévski, e teve uma recepção mais tranquila, já que dessa vez a voz de Leskov não foi a única a clamar no deserto: esses dois gênios da literatura russa foram unânimes em apontar os perigos e as consequências trágicas do niilismo russo.

Mas a obra de Leskov ultrapassa a crítica ao niilismo: na totalidade de sua criação vê-se que era um tema passageiro. O verdadeiro talento de Leskov revelou-se em suas narrativas curtas, aquelas que refletiam seu conhecimento, profundo, variado e amplo — como as estepes que ele tanto percorreu — da vida russa, de todas as diversas camadas de sua população e dos tipos humanos que nunca eram enxergadas pela literatura até então. Não é à toa que Leskov aconselhava aos jovens escritores "fugir para longe de São Petersburgo" a fim de conhecer o povo russo. Nos tensos debates com os *naródniki* (assim eram chamados na Rússia os populistas revolucionários), Leskov declarava firmemente: "Eu não estudava o povo pelas conversas com os cocheiros de Petersburgo, mas cresci no meio dele no pasto de Gostoml..., dormi entre os mujiques na relva orvalhada, guardando os cavalos, coberto com um quente sobretudo de pele de ovelha... Portanto, não convém a mim colocá-los sobre pernas de pau, nem debaixo dos meus pés. Eu era um deles e tenho muitos compadres e amigos entre o povo, especialmente em Gostoml, onde vivem os barbudos a quem outrora, ainda criança, eu rogava de joelhos e com lágrimas para não me fustigarem com varas e paus... Recebi muitas reprovações pela falta de sei lá que *respeito pelo povo*, em outras palavras, pela incapacidade de *mentir sobre o povo*. Sou indiferente a essas reprovações... Porque tenho certeza de que não ofendo nem um pouco o povo russo, quando não escondo as torpezas e nojeiras das quais ele não carece, assim como qualquer outro povo... Nunca entendi e não entendo até hoje os sermões da imprensa dizendo que é preciso estudar o povo. É preciso simplesmente conhecer o povo como a própria vida, não estudando, mas vivendo-a".

Graças a esta vivência, Leskov tornou-se capaz de retratar a Rússia inteira e autêntica, enfocada em detalhes pitorescos e verazes e plena de contradições irresolutas. Deve ser por isso que "os russos consideram Leskov o mais russo de todos os escritores russos", segundo a afirmação do historiador e crítico literário Dmitri Sviatopolk-Mírski. Ou, como disse Górki, "quando você lê as obras de Leskov, se vê mais claramente o complicado homem russo que, mesmo quando acredita sinceramente na beleza e na liberdade, consegue se tornar escravo de sua fé e opressor de seu próximo".

O surpreendente é que Leskov conseguiu reproduzir o amplo panorama da vida russa não em romances, que era o gênero principal na literatura clássica russa do século XIX, mas em crônicas, contos e pequenas novelas que, na obra do escritor, formaram um sistema único de narrativa. E nisso ele teria um brilhante continuador: Anton Tchekhov, que conheceu Leskov de perto, foi admirador de seu talento e o considerava seu mestre. A criação de Leskov caracteriza-se pelos experimentos e buscas constantes em formas narrativas "curtas" — ora um conto sobre algum "fato", um acontecimento real (como "A voz da natureza", de 1883), ora uma novela com um enredo tenso e final imprevisível ("Kótin, o provedor, e Platonida"), ora uma cadeia de histórias da vida, de anedotas ("A fraude"). Frequentemente o próprio autor previne o leitor sobre o gênero da história que ele está para ler: "conto fantástico" ("Águia Branca", de 1889), "fato real numa interpretação mística" ("Alexandrita", de 1884) ou "relato em cima de um túmulo" ("O artista dos topetes", de 1883).

Para Leskov, é importante atrair o interesse do leitor: ele recorre a manobras no enredo, viradas bruscas nos acontecimentos e a procedimentos que freiam a ação, criam suspense e aumentam a curiosidade pelo desenvolvimento da intriga que, como regra, tem um desfecho inesperado.

A afeição de Leskov por situações e temas incomuns manifesta-se no gênero do conto natalino, que, segundo o escritor, deve ter alguns elementos obrigatórios: "É necessário que ele coincida em tempo com a noite de Natal — ou do Natal até o Dia de Reis — que ele seja um tanto fantástico, que tenha alguma moral da história, ao menos algum desmentido do preconceito pernicioso e que o fim do conto seja obrigatoriamente feliz". "Águia Branca" é um dos excelentes exemplos desse tipo de conto.

O escritor, que domina perfeitamente a arte da narrativa, costuma dividir o conto em pequenos capítulos, destacando certos episódios e prendendo com isso a atenção do leitor à montagem "ocasional" dos acontecimentos do enredo e aos detalhes mínimos, numa composição de mosaicos que são tão importantes para o estilo literário leskoviano. Ao mesmo tempo, o efeito produzido pela divisão e pelo destaque de certos fragmentos da narrativa é o da veracidade da comunicação oral, cheia de pausas e passagens de um episódio ao outro.

Górki deu uma definição brilhante do estilo de Leskov ao destacar que este escritor "também é um mago da palavra, mas não escrevia esculpindo, ele contava, e nessa arte não tem quem se iguale a ele. Sua narrativa é um canto inspirado, de palavras simples, puramente russas, unindo-se umas às outras em linhas requintadas, ora pensativas, ora sonoras como o riso; mas sempre se ouve nelas o amor às pessoas, um amor tenro e velado, quase feminino; o amor puro tem um pouco de vergonha de si mesmo. As pessoas de suas narrativas frequentemente falam de si. E sua linguagem é tão maravilhosa e viva, tão sincera e convincente, que eles se apresentam diante nós de forma tão misteriosa, mas ao mesmo tempo clara e perceptível fisicamente, quanto as personagens de Tolstói e outros. Isto é, Leskov atinge o mesmo efeito, mas por outro meio artístico".

Muitos pesquisadores da obra de Leskov escreveram sobre a "perfídia" de seu narrador. Dmitri Likhatchov, um dos mais brilhantes historiadores da literatura russa, em seu artigo "O 'falso' julgamento ético em N. S. Leskov", acentuou que "as obras de N. S. Leskov (contos e novelas, mas não seus romances) são um fenômeno muito curioso de disfarce do julgamento moral da narrativa. Isso se consegue com uma colocação bastante complexa sobre o narrador de autor falso, acima do qual se ergue o autor real, totalmente escondido do leitor; e assim, este tem a impressão de ter chegado ele mesmo, independentemente, ao julgamento verdadeiro dos acontecimentos".

Esse procedimento provocativo não é raro nas obras de Leskov. Levando ao absurdo a ética dos protagonistas de vários tipos (lembremos o conto "A fraude"), Leskov deixa que os próprios leitores julguem o que é bom e o que é ruim, criando dessa maneira situações mais tensas e um conflito falso com seus leitores. No conto "A fraude", o escritor usa a *palavra alheia* (para usarmos a terminologia de Mikhail Bakhtin) e, consequentemente, não faz nenhum julgamento daquilo que ele relata.

E às vezes, como acontece, por exemplo, no conto "A propósito de *A Sonata a Kreutzer*" (1890), deixa-se ao próprio leitor a solução do problema moral... Nessa obra (seu título inicial era "A dama que veio do enterro de Dostoiévski"), Leskov entra num diálogo criativo e na polêmica sobre a concepção do mundo com Lev Tolstói, apesar de ele ser seu escritor predileto, amigo próximo e muito querido. A epígrafe do conto diz: "Toda moça é moralmente superior ao homem por ser incomparavelmente mais pura do que ele. Ao casar-se, ela é superior ao marido. A moça continua superior ao marido também ao tornar-se mulher no nosso cotidiano" (Lev Tolstói). Notemos entre parênteses que a epígrafe, tão frequente nas obras de Leskov, é um dos procedimentos prediletos do dialogismo do escritor. Mas aqui, ao maximalismo ético de Tolstói há uma contraposição da inconstância e do caráter contraditório das situações da vida, que não podem ser submetidas a um único julgamento moral...

SOBRE O AUTOR

Nikolai Semiónovitch Leskov nasce a 16 de fevereiro de 1831, na pequena cidade de Gorókhovo, província de Oriol. Seu pai, Semión, é um ex-seminarista que ocupa um elevado posto no departamento criminal da região, tendo a fama de ser um brilhante investigador. Em 1839, porém, Semión desentende-se com seus superiores e abandona o cargo, partindo com sua esposa Maria — filha de um nobre moscovita empobrecido — e seus cinco filhos para o vilarejo de Pánino, próximo à cidade de Krómi. É nesse período que o jovem Nikolai entra em contato com a linguagem popular que, mais tarde, tamanha influência exercerá em sua obra.

Em 1847, após abandonar o ginásio, ingressa no mesmo órgão em que anos antes seu pai trabalhara. No ano seguinte, Semión falece, e Nikolai Leskov solicita transferência para Kíev, na Ucrânia, o que ocorre em 1849. Nos oito anos que passa na região, frequenta como ouvinte a universidade, estuda a língua polonesa e trava conhecimento com diversos círculos de estudantes, filósofos e teólogos. Em 1853, casa-se com Olga Smirnova, filha de um mercador local, de quem se separaria no início da década seguinte.

Entre 1857 e 1860, trabalha numa empresa comercial inglesa, o que lhe propicia a oportunidade de viajar por diversas regiões da Rússia. As experiências desse período — descrito pelo próprio Leskov como a época mais feliz de sua vida — servirão de inspiração para muitas de suas histórias. De volta à cidade de Kíev, assina pequenos artigos e comentários em periódicos locais.

É apenas em 1862, já em São Petersburgo, que Leskov inicia sua carreira literária, publicando, sob pseudônimo, o conto "A seca". No mesmo ano, escreve, para a revista *Siévernaia Ptchelá* (*A Abelha do Norte*), um controverso artigo a respeito dos incêndios — provocados por estudantes do movimento niilista e por grupos nacionalistas poloneses — que à época assolavam a capital. O texto estabelece uma polêmica tanto com os liberais quanto com os conservadores. Em 1864, surgem duas de suas obras mais conhecidas: o romance *Sem ter para onde ir* e a novela *Lady Macbeth do distrito de Mtzensk*.

Já na década de 1870, após uma crise religiosa, rompe com a Igreja e publica *O anjo selado* (1872), além de uma série de artigos anticlericais. Entre 1874 e 1883, trabalha no Ministério da Educação, mas acaba dispensado por ser "demasiado liberal". Nesse período, surgem algumas de suas mais famosas narrativas, como as novelas *O peregrino encantado* (1873) e *Nos limites do mundo* (1875), e os contos "O canhoto vesgo de Tula e a pulga de aço" (1881), "Viagem com um niilista" (1882) e "A fera" (1883). Seu distanciamento em relação à Igreja Ortodoxa aumenta em 1887, quando conhece Lev Tolstói e adere a muitos de seus preceitos. Referências a essa nova postura aparecem em *Os notívagos* (1891).

Nos últimos anos de vida, Nikolai Leskov segue produzindo contos e peças e até auxilia na edição de suas obras completas, mas torna-se cada vez mais debilitado por conta de uma séria doença cardíaca, vindo a falecer em 5 de março de 1895. A despeito da relativa notoriedade de que gozou em vida, é apenas após a sua morte, na esteira de textos de Maksim Górki e de Walter Benjamin, que Leskov passará a ser reconhecido como um dos grande nomes da literatura russa do século XIX.

SOBRE A TRADUTORA

Denise Regina de Sales é professora de Língua e Literatura Russas na Universidade Federal do Rio Grande do Sul. Doutorou-se em Literatura e Cultura Russa pela Universidade de São Paulo, em 2011, com a tese "A sátira de Saltykov-Schedrin em *História de uma cidade*". Em 2005, também na Universidade de São Paulo, defendeu a dissertação de mestrado "A sátira e o humor nos contos de Mikhail Zóchtchenko". Graduada em Comunicação Social (Jornalismo) pela Universidade Federal de Minas Gerais, de 1996 a 1998 trabalhou na Rádio Estatal de Moscou como repórter, locutora e tradutora. Publicou diversas traduções, entre elas a peça *O urso*, de Anton Tchekhov (no volume *Os males do tabaco e outras peças em um ato*, Ateliê, 2001), o conto "Vii", de Nikolai Gógol (em *Caninos: antologia do vampiro literário*, Berlendis & Vertecchia, 2010), as novelas *Minha vida* (2011) e *Três anos* (2013), de Tchekhov (Editora 34), a reunião de contos de Nikolai Leskov *A fraude e outras histórias* (Editora 34, 2012), o primeiro volume dos *Contos de Kolimá*, de Varlam Chalámov (com Elena Vasilevich, Editora 34, 2015) e a peça *Tempestade*, de Aleksandr Ostróvski (Peixoto Neto, 2016). Traduziu também diversos textos para a *Nova antologia do conto russo* (2011) e para a *Antologia do pensamento crítico russo* (2013), ambas organizadas por Bruno Barretto Gomide, e para a *Antologia do humor russo* (2018), organizada por Arlete Cavaliere, todas elas lançadas pela Editora 34.

ESTE LIVRO FOI COMPOSTO EM SABON,
PELA BRACHER & MALTA, COM CTP DA
NEW PRINT E IMPRESSÃO DA GRAPHIUM
EM PAPEL PÓLEN NATURAL 80 G/M² DA
CIA. SUZANO DE PAPEL E CELULOSE PARA
A EDITORA 34, EM MARÇO DE 2023.